ullstein

ERRI DE LUCA, geboren 1950 in Neapel, hat mehr als 30 Romane, Essays und Übersetzungen veröffentlicht. Er gehört zu den meistgelesenen, auflagenstärksten Autoren Italiens. Seine Bücher wurden in zahlreiche Sprachen übersetzt und zu internationalen Bestsellern. Erri De Luca wurde 2010 mit dem Petrarca-Preis ausgezeichnet und 2013 mit dem Prix Européen de Littérature.

Von Erri de Luca sind in unserem Hause außerdem erschienen:
Das Gewicht des Schmetterlings · Das Licht der frühen Jahre · Das Meer der Erinnerung · Den Himmel finden · Der Himmel im Süden · Der Tag vor dem Glück · Fische schließen nie die Augen · Mein Wort dagegen · Montedidio

ERRI DE LUCA

DIE ASCHE DES LEBENS

Roman

Aus dem Italienischen
von Anette Künzler

Ullstein

Besuchen Sie uns im Internet:
www.ullstein.de

Wir verpflichten uns zu Nachhaltigkeit

- Klimaneutrales Produkt
- Papiere aus nachhaltiger Waldwirtschaft und anderen kontrollierten Quellen
- ullstein.de/nachhaltigkeit

MIX
Papier
FSC® C083411

Neuausgabe im Ullstein Taschenbuch
1. Auflage Juli 2022

Die Originalausgabe erschien 1992 unter dem Titel *Aceto, Arcobaleno* bei Giangiacomo Feltrinelli Editors, Mailand

Umschlaggestaltung: Büro Jorge Schmidt, München
Titelabbildung: © Elise Ortiou Campion / plainpicture
Gesetzt aus der Quadraat Pro powered by *pepyrus*
Druck und Bindearbeiten: CPI books GmbH, Leck
ISBN 978-3-548-29104-8

Meine Zeit, mein Raubtier, deinem
Aug – hält ihm ein Auge stand?
Wer, Jahrhunderte zu einen,
knüpft mit seinem Blut das Band?
Ossip Mandelstam

Es war wohl der Blitz, der mich geweckt hat. Wie an einer Zündschnur ist das Licht durch meine geschlossenen Lider bis in die Nervenbahnen gekrochen und hat sie wie einen Stromkreis durchlaufen. Ich strenge die geblendeten Augen an und sehe das Zimmer unter einem neuen Schmerz. Blitze zucken durch die regenlose Nacht, es riecht nach verbrannter Luft.

Ich weiß nicht, wie lange ich hier schon sitze, aber ich kann mich nicht mehr bewegen. Ich habe aufgehört zu essen. Nach den ersten durchwachten Nächten bin ich in den bleiernen Schlaf des Hungers gesunken. Es war wohl auch der Blitz, der die Tür aufgestoßen hat. Heftige Böen ergreifen meinen Schaukelstuhl, halb wiegen sie mich, und halb schütteln sie mich. Der Wind spielt mühelos mit meinem Gewicht, der ausgemergelte Körper leistet keinen Widerstand. Ich habe aufgehört zu essen. Ich werde nichts essen, solange ich noch Feuer machen kann, denn ich möchte nicht erleben, wie das Holz zu Ende geht. Lieber sterbe ich vor Hunger als vor Kälte. Die Tage und die Nächte haben mich ausgesaugt, mich ganz schwerelos gemacht. Bei jedem

Atemzug treten die Rippen hervor. Das Skelett kommt an die Oberfläche, es spürt das Licht hinter der allerletzten Hülle und vermittelt mir so die bange Sehnsucht eines Bergmanns, der nach seiner Schicht im Stollen wieder ins Freie tritt.

Um mich herum erkenne ich die Reste eines stürmischen Erwachens: Zerbrochenes Fensterglas liegt auf dem Boden, wie ein Wolf heult der Wind durchs Haus, und die Wände sind mit frischen Rissen übersät. Ich werde nicht mehr schlafen. Die Müdigkeit, die bisher wie ein Korken mein Innerstes verschlossen hat, ist nun verflogen. Meine Augen sind weit offen. Ich bin ungeschützt, nun können die Freunde herein, sie kamen mich immer in unregelmäßigen Abständen besuchen, erzählten mir von ihrem abenteuerlichen Leben. Ihre Geschichten ergriffen mich, doch sie glichen mehr dem Wind in den Baumwipfeln als wirklichen Stimmen im Ohr: Zuerst erschütterten sie mich, dann vergaß ich sie wieder. Die Freunde traten in dieses Haus, in dem es keine Treppen gibt und dessen Eingang ebenerdig ist; sie setzten sich an den Tisch, der für sie immer ein Etappenziel, eine Ruhepause bedeutete. Sie waren alles, was ich von der Welt wusste. Schon sehr lange lebe ich in diesem weit abgelegenen Haus.

Ich komme aus einer Stadt im Süden, wo man die letzte Nacht des Jahres immer mit einem Feuerwerk beendet. Von meinem Balkon aus blickte ich auf eine Piazza, Palmen am Meer und eine Insel mitten im Horizont. Ich spielte mit Zinnsoldaten und hatte oftmals Fieberkrämpfe. Ein besonders heftiger Anfall betäubte für immer meine Wünsche, meine Träume. Danach war ich besänftigt, hatte aber die Wörter vergessen. Eine ganze Sprache verbrannte in der Fieberglut. Zurück blieb ein salziger Nachgeschmack, der mir die Kehle austrocknete. Wenn die Schmerzen in meinen Schläfen pochten, wiegte mich der Singsang meiner Mutter in den Schlaf: »Tut es dir weh? Tut es dir sehr weh?« Schließlich löste sich die Benommenheit, wunderbar war das Erwachen, die Genesung. Die Wörter kehrten allmählich zurück, wie ein paar Regentropfen auf einem ausgedorrten Feld. Die Wünsche aber kamen nicht wieder. Das Fieber war überwunden, ich wurde gesund und trug wieder die Schuluniform, die ehrenvolle Auszeichnung dafür, wieder unter den anderen leben zu dürfen, wenn auch ein wenig abseits. Und so konnte ich Menschen kennenlernen und Freundschaft mit ihnen schließen, und das bedeutet fast mein ganzes Glück.

Die Besuche der Freunde habe ich immer schnell wieder vergessen; nach ihrer Abreise verschwand die Unordnung ebenso schnell wie die Erinnerung. Aber jetzt zieht der Hauch jener Begegnungen durch das sturmgebeutelte Haus, und in all dem Getöse erheben sich wieder die vertrauten Stimmen.

Ein Leben: So kann ich mein Dasein nicht bezeichnen, so kann ich meine Zeit auf Erden wirklich nicht nennen. Ein richtiges Leben – das hatten nur die Freunde, und manchmal ließen sie mich an seiner wilden Fahrt teilhaben, wobei ich wie geblendet Sorge, Erstaunen und Qual empfand. Mir blieb nur, einer Welt zu lauschen, die ich versäumt hatte. Ich war erst zwanzig Jahre alt, als ich in dieses Haus kam. Meine schon betagten Eltern waren aus der Stadt gezogen, als ich das Gymnasium beendet hatte. Aber sie konnten die Freuden des neuen Zuhauses – auf das sie so lange gespart hatten – nicht mehr genießen. Innerhalb eines Jahres starben sie beide, folgten sich in großer Eile. Einander verlassen bedeutete für sie ein Unrecht, das nicht hinzunehmen, sondern sofort wieder gutzumachen war. Ich war der Nachkömmling an ihrem wohlbestellten Tisch, wie auch der Apfel ein Nachkömmling ist, die Eltern hingegen waren gleichsam der ganze Baum. Sie hinterließen mir eine Rente, die bis heute für das Nötigste gereicht hat. Die Arbeit auf dem Feld war für mich aber keineswegs ein notwendiges Übel, sondern eine schöne Beschäftigung, eine gute Art, die Tage zu nutzen und zu respektieren.

Ich habe viel gesprochen, wenn ich allein war. Oft entfuhr mir ganz unvermittelt ein Satz. Ich sagte ihn zu dem Haus, das bereits auf meine Stimme wartete. So lange lebe ich nun schon darin, dass zwischen seinen Steinen und mir ein Austausch stattfindet. Ich habe das Gefühl, Teil einer mineralischen Gemeinschaft zu sein. Die Stille des Hauses gleicht meiner eigenen, sie ist inwendig. Die Stille draußen, in der Landschaft, die an manchen nebligen Abenden vollkommen ist, kann man damit nicht vergleichen. Unsere Stille kann alle Geräusche in sich aufnehmen, von ihr werden selbst mein Atem und mein Herzschlag geschluckt, sodass ich sie nicht mehr bemerke. Das Haus antwortet mir. Seine Stimme ist nicht menschlicher Natur: Sie entspringt dem vulkanischen Gestein der Mauern, sie stammt aus der Zeit, in der die Erdkruste brodelte und die Materie die Mutter allen Lebens war. Es ist eine Stimme, die in Feuerströmen aus den Kratern gurgelte. Wenn der Wind über diese Steine streicht und sie mit graublauen Tropfen besprenkelt, murmeln sie Litaneien. Manchmal sind es dunkle Klänge, aus denen ich vereinzelte Silben heraushöre, und manchmal verstehe ich ganze Sätze. Mein Ohr ist mittlerweile darin geübt, den Steinen zu lauschen. Ich habe sie aus dem Acker gegraben und sie mit dem Messer geteilt, als wären es Nüsse. Mit einem Knacken und einem Zischen öffneten sie sich, und der Wind strich zum ersten Mal über die Poren ihres Inneren. Für den, der sie zu berühren versteht, sind die Steine wie Austern. Ich habe sie behauen und Wege, Mauern und Bänke aus ihnen gemacht, habe ihre unebenen Formen zusammengefügt. Einer Geometrie folgend, die sie selbst vorgaben, legte ich die Steine zusammen, und jeder einzelne passte ganz genau zu einem anderen, wie vom Schicksal vorbestimmt. Ich hatte mir ihre Unregelmäßigkeiten gemerkt und zog aus dem Haufen den richtigen Stein, der sich wie von selbst in das Muster einfügte. Der undurchsichtige schwarze Stein funkelte in meiner Hand: massiv, schwer, mit einem rauen Relief, aber dennoch geschmeidig und fügsam, wenn man sich darauf versteht.

Es gab eine Zeit, da sah ich Buchstaben in den Ästen der Bäume oder auf den beschlagenen Fensterscheiben, wo die Insekten ihre Spuren hinterlassen hatten. Ich studierte die

Alphabete des gesamten Mittelmeerraumes, um meine Zeichensammlung zu erweitern und um diese ausgesäte Schrift endlich ganz verstehen zu können. Unsere Vorfahren sahen in den Sternenpunkten des Universums Figuren, Tiere und Wagen, und ich erkannte darin die Linien eines Alphabets. Die Welt war schon geschrieben. Der erste Mensch hat die Bezeichnungen nicht erfunden, er brauchte sie nur zu lesen. An der Materie haften immer noch Spuren dieser Inschriften – es sind Namenszeichen, die einer allgemeinen Auslöschung widerstanden haben. Die raue Stimme des Hauses sprach mit diesen Buchstaben, mit diesen gleichmäßigen Silben. In den Sturmnächten, als ich die Gewalt des Himmels gegen die Tiere und Bäume fürchtete, murmelten die Mauern ein beruhigendes Wiegenlied für mich.

Ich kenne die Freunde noch aus der Schule, dem einzigen Ort, wo ich mich unter vielen anderen Menschen aufgehalten habe. In enge Schulbänke gezwängt, hörten wir den Lehrern zu, diesen gelehrten Despoten. Wir waren Teil einer abgegrenzten Welt, wo man sich stets unterzuordnen hatte und wo in der Stille das Papier raschelte. In dieser Welt kannten wir uns aus. Wie aus einer Quelle entsprangen jener geschlossenen Gesellschaft die einzelnen Charaktere, aus der Not geboren, formten und vertieften sie sich. Bei meinen Mitschülern beobachtete ich Gefühle, die ich selbst nicht kannte: Liebe, Neid, Bewunderung, Eifersucht. Einer war gut im Sport, ein zweiter beantwortete geschickt die Fragen der Lehrer, ein dritter war geistreich und gefiel den Mädchen. Um sie herum bewegten sich sehnsüchtig die anderen Schüler. Sie wollten auch so sein, versuchten, an jene Fixsterne heranzukommen, die für sie die Vorbilder einer bestimmen Lebensart darstellten. Wir waren Menschen, die ständig bewegt, aufgewühlt waren; jede scheinbare Vollkommenheit faszinierte uns. Ich betrachtete diese Welt und hielt mich dennoch von ihr fern, denn sie war zu intensiv für mich.

Wenn ich nicht fünf Jahre lang am Gymnasium mit den gleichen Menschen zusammen gewesen wäre, hätte mich vermutlich niemand bemerkt. Aber fünf Jahre, zwischen dreizehn und achtzehn, sind in diesem Alter eine unvorstellbar lange Zeit, und schließlich akzeptierte mich der eine oder andere so, wie ich eben war: immer der Letzte, der hinausging, immer schweigsam. Und ich war anders: mager, knochig, mit hervortretendem Adamsapfel, einem langen Gesicht und runden Augen, die ich kaum schließen konnte. Ein dichter Haarschopf war das einzig Wilde an meinem Äußeren.

Weil ich mich von keinerlei Enthusiasmus anstecken ließ und mich auf keine Seite schlug, begannen einige, mir zu vertrauen. Wir waren in einem Alter, in dem man mit Freundschaften experimentierte und seine Gedanken zuweilen mit jemandem teilte, der sie nicht zu bewahren verstand. Wir waren in dem Alter der leichtfertigen Untreue. Auf mich traf das nicht zu: All diese Vertraulichkeiten waren sicher bei mir aufgehoben, denn kaum hatte ich sie vernommen, waren sie auch schon wieder vergessen. Von dieser bedeutungslosen Vertrauenswürdigkeit fühlten sich damals einige angezogen.

Nach der Schule beobachtete ich, wie die Wutanfälle und Streitigkeiten meiner Kameraden schnell in heftigen Raufereien endeten. Ich versuchte, ihre Wut nachzuempfinden, aber der einzige Gefühlsausdruck, zu dem ich fähig war, bestand darin, die Augen weit aufzureißen und die Lippen zusammenzupressen. In mir drin jedoch fühlte ich überhaupt nichts. Auf eine Hänselei wusste ich keine Antwort, bei einer Provokation gab ich sofort nach. Einmal übernahm mein Banknachbar die Verteidigung, als es um ein paar kleine Schikanen ging, die ich zerstreut über mich ergehen ließ. Zwischen dem, der mich attackierte, und meinem Kameraden entbrannte ein heftiger Streit. Dafür empfand ich aber keine Dankbarkeit, mir war das eher peinlich. Denn mich beschämte weder die Niedertracht des einen, noch tröstete mich die Empörung des anderen. Ich wurde für sie zu einem Fall, einem Streitgegenstand. Am Ende hatte ich eigentlich gar nichts mehr damit zu tun, denn mittlerweile hatten sich auch die anderen eingemischt, und sie prügelten sich nun allesamt.

Der Rädelsführer erwartete mich nach dem Unterricht am Schultor und schlug mir ins Gesicht. Ich legte meine Hand auf die getroffene Stelle und begegnete seinem verblüfften Blick. Er konnte nicht begreifen, dass ich mich nicht zur Wehr setzte. Ich weinte nicht einmal, weil ich körperlichen Schmerz kaum spüre, ihn nicht sonderlich ernst nehme. Er schlug mich nicht wieder. Ein anderer wollte mich trösten und sagte, dass ich recht daran getan hätte, auch die andere Wange hinzuhalten. Das hatte ich aber gar nicht, denn eine derartige Kaltblütigkeit war mir fremd. Ich hatte einfach nicht reagiert, das war alles. Mit mir konnte man keinen Streit anfangen. Man konnte mich nicht ärgern, und man konnte mir nicht einmal beistehen.

Ich erlebte die Gefühlsstürme, die wechselhaften Wünsche meiner Mitschüler. Ihre Träume waren von solch einer Intensität, dass sie in meinen Augen bereits zu vollendeten Tatsachen wurden. Wenn mich ein Mitschüler ins Vertrauen zog, nahm ich seine Äußerungen immer wörtlich; das wirkte wohl beruhigend, und so musste niemand übertreiben, damit ich ihm auch glaubte. Der eine erzählte mir, er wolle Arzt werden und den Ärmsten der Welt helfen. Allein die Absicht genügte mir, um ihn schon als Missionar zu sehen. Wenn derselbe mir jedoch nach ein paar Monaten erklärte, dass er sich bis über beide Ohren in die Rothaarige aus der Parallelklasse verliebt habe und sie heiraten wolle, glaubte ich ihm das ebenso, als wäre er ein völlig neuer Mensch. Ganz unbewusst akzeptierte ich die Vorstellung, dass man ein anderes Leben führen würde, wenn man sich das nur sehnlichst genug wünschte. Wir waren in einem Alter, in dem meine Mitschüler oft jemand ganz anderes sein wollten, ohne jedoch lange bei einem Wunsch zu bleiben. Sie brannten darauf, erwachsen zu werden, und schlüpften deshalb in viele verschiedene Rollen. Aber ihre Worte, die sie mit großer Ernsthaftigkeit sprachen, hatten für mich eine solche Kraft, dass sie mir ebenso viel wert waren wie vollendete Tatsachen. Es war gar nicht notwendig, diese ernst gemeinten Absichten zu beweisen, denn ihre Träume reichten mir völlig aus.

Meine Freunde dachten und empfanden ganz anders. Sie glaubten, dass ihre Worte mehr als nur eine Überschrift, eine Absichtserklärung sein sollten; vielmehr galt es nun, sie auch umzusetzen. Sie lebten danach, beließen es nicht nur bei den Worten, und so wurde ihre Lebensgeschichte daraus.

Das Haus antwortete auf ihre Erzählungen mit einem Luftzug zwischen seinen Steinen. Ich hörte nur Konsonanten, denn die Stimme der Materie benutzt keine Vokale, aber diese konnte ich mir dazudenken. Ich vernahm: »Auf dem Meer gibt es keine Tavernen.« Dies war ein Ratschlag für den, der eine Reise machen musste, ein Ratschlag für die Freunde: Sie sollten unterwegs keinen Schutz, keinen Unterschlupf erwarten. Es war ein Wiegenlied, ein Urteil. Ich hörte es, während die Freunde ihre Besuche bei mir mit ihren Erzählungen anreicherten.

Ich würde gerne einmal wieder meine Finger über die Gitarre gleiten lassen. Sobald der Akkord in D-Dur gefunden wäre, würden die Finger ganz von alleine weiterspielen. Mit heißen, trockenen Händen zupfte ich früher immer die dünnsten Saiten zuerst und spielte eine einstimmige Melodie. Dann erst berührte der Daumen die tiefen Saiten. Schon lange kann ich die Gitarre nicht mehr auf den Knien halten. Urplötzlich überkommen mich Zuckungen, und dann muss ich alles loslassen, was ich in Händen halte. Nun hängt sie an der Wand, und die Spinnweben hängen ihren sechs Saiten noch weitere hinzu. Nur der Donner hat es vermocht, ihrem Resonanzkörper noch einen Ton zu entlocken und sich so gewissermaßen ein Echo zu verschaffen. Die Gitarre antwortete auf das Grollen mit einer gedehnten Silbe, die länger nachhallte als der Donner selbst.

Nach dem Abendessen improvisierte ich Melodien, die Stimme erwärmte sich, und wir bildeten ein Paar, die Gitarre und ich. Mein Gesang lief zunächst über die Gitarrenstimme hinweg, an einem gewissen Punkt trafen wir dann zusammen und klangen einstimmig. Die Musik wanderte durchs ganze Haus und tanzte wild in der Küche umher, dass einem davon ein bisschen schwindelig wurde. Die Lieder waren nicht viel wert, nur Geklimper, aber beim Unisono tönten auch die Steine des Hauses. Meine Mutter hatte mir die Lieder beigebracht, es waren alte Melodien, die stets in Moll begannen und beim Refrain in einen Dur-Akkord mündeten. Für sie waren es wichtige Erinnerungen, Augenblicke einer Jugend, die in ihrer Generation sehr schnell erwachsen geworden war, orientierungslos geworden in den schlaflosen Nächten der Bombenangriffe. Für mich waren es Melodien aus der Kindheit, und auch in den leidenschaftlichsten Liedern gab es noch Worte für die Kinder. Diese Musik war wie eine sanfte Brise.

Ich betrachte den massiven Tisch, den ich aus Pinien- und Kastanienholz gezimmert habe. In vielen Nächten breitete ich meine Decke darüber und schlief in der angenehmen Restwärme des Ofens ein. An den Wänden in der Küche hängen die Etiketten der geleerten Weinflaschen, die ich für die Freunde bereithielt oder die sie mir als Gastgeschenk mitbrachten. Nach den Abschiedsworten löste ich die bunten Etiketten mit den sonderbaren Namen von den leeren Flaschen ab und klebte sie an die Wand, halb Familienalbum, halb Schmetterlingssammlung. Jetzt, da das Zimmer dem Wind offen steht, lösen sich die Etiketten langsam von den Wänden, flügelschlagend umkreisen sie den Schaukelstuhl, der in den Windböen hin- und herschwankt. Bei dem Geräusch, das die eisernen Kufen auf dem Boden machen, und bei dem Rascheln der bunten Papierchen erheben die Gäste von einst wieder ihre Stimmen.

Sei willkommen. Du warst schon viele Jahre nicht mehr hier. Unsere anfängliche Verlegenheit war deshalb ganz verständlich. Es brauchte etwas Zeit, bis wir die alte Vertrautheit zurückgewonnen hatten. Und so redeten wir beim Essen erst einmal über belanglose Dinge. Es gab eines deiner Lieblingsgerichte, überbackene Auberginen. Schließlich kamen wir auf deine Arbeit zu sprechen. Nach dem Gymnasium hast du die Stadt verlassen und in fernen Städten das Metier der Müdigkeit ergriffen. So bezeichne ich die schwere Arbeit, weil sie am Ende des Tages eine körperliche Ruhe hinterlässt. Die Augen blicken dann verlangsamt und entrückt um sich, die Hände begleiten nicht mehr die Stimme mit Gesten, sondern ruhen lieber auf dem Hosenstoff.

Du warst Fabrikarbeiter, Bauarbeiter, Lastenträger. Deinen Körper hast du stundenweise vermietet. Bei deinen ersten Besuchen hast du mir von den Arbeitsschichten erzählt, die schon vor der Morgendämmerung im Getöse der Fertigungshallen begannen, in einem ewigen Kreislauf. Du sprachst auch von den unzufriedenen Massen auf den Straßen. An den Protesten hast du dich beteiligt, nanntest es Politik, aber diese Bezeichnung irritierte mich nur. Ich musste dabei an die lange Liste von Parteien denken, die nach der Einführung des allgemeinen Wahlrechts entstanden waren. Aber die fieberhafte politische Aktivität, die du meintest, war etwas ganz anderes; und so, wie du es dargestellt hast, sollte sie Teil einer zukünftigen Gesellschaftsordnung sein. Sieben Jahre lang hast du dich engagiert, und in dieser Zeit erzähltest du mir nichts mehr von Zimmern, Sonntagen oder Gefühlen. Deine Geschichten handelten von einer unruhigen, einer schlaflosen Zeit.

»Es war eine Art zu kämpfen. Es ging nicht darum, sich mit einem bestimmten Ziel zu identifizieren, es ging nur um den Kampf. Leer stehende Häuser wurden besetzt, Mieten nicht mehr bezahlt, Stromrechnungen öffentlich verbrannt. Man kämpfte gegen alle Repressionen. Man hatte aufgehört, Rechnungen zu bezahlen, und begann, Forderungen zu stellen. Als die Zeit des offenen Kampfes vorbei war – ob mit gutem oder schlechtem Resultat, sei dahingestellt –, wurde auf einer anderen Ebene weitergemacht. Mit seinen Mitstreitern blieb man befreundet oder auch nicht. Auf jeden Fall ging es nicht mehr darum, eine Partei zu unterstützen, die einem zum Dank dafür Verbesserungen versprach. Wer weitermachen wollte, war willkommen, aber es gab kein Parteibuch mehr.

Wir waren nicht fügsam, unsere Methode war die Konfrontation, die direkte Auseinandersetzung – eine mühsame Technik, mit der wir manchmal wenig oder gar nichts erreichten. Jedoch verschaffte sie uns Gewicht. Es gibt Zeiten im Leben, da will ein Mann nicht auf leisen Sohlen gehen, nicht leichten Schrittes den Boden berühren. Zwar will er diesen Boden auch nicht zerstampfen, aber ihn doch mit seinem ganzen Gewicht belasten. In jenen Jahren wollte niemand leichtfüßig sein. Eine andere Schwerkraft war entstanden, und viele wechselten die Gangart, traten gewichtig auf Das änderte sich, als die Zeit der Massenunruhen vorbei war und jeder auf einmal in Turnschuhen ging.

In den Jahren der Unruhen wollte niemand mehr groß und schlank, ja, nicht einmal mehr gesund sein. Und gerne lachte man mit zahnlosem Mund.«

War das wohl eine Welt ohne Sehnsüchte, wie meine eigene?

»Nein«, hast du halb im Scherz geantwortet, »es war eine Welt, die nach dem Mond mit Füßen trat.«

Ich verstand diesen Vergleich, denn genau so sind die Bewegungen, die ein Schwimmer machen muss, wenn er weit entfernt vom Ufer einen Krampf bekommt. Er muss mit den Beinen ausschlagen, hoch in die Luft, und deswegen sagt man bei uns »nach dem Mond treten«. Wer das sieht und den Zweck dieser Bewegungen nicht versteht, könnte wohl meinen, der Schwimmer sei verrückt geworden.

»Schließlich hatten die Leute genug von den Straßenkämpfen, und plötzlich gab es dem nichts mehr hinzuzufügen. Die Tausende, die wir waren, zerfielen zuerst in vereinzelte Gruppierungen, dann zu Staub. Die einen kehrten zu ihren früheren Berufen zurück oder nahmen ihr Studium wieder auf; und die anderen öffneten sich die Adern oder meldeten sich für den Krieg im Untergrund. Ich gehörte zu den Letzteren. Schließlich bin ich wieder Arbeiter geworden und habe dort weitergemacht, wo ich aufgehört hatte. Mich treibt jetzt nur noch der Wunsch an, diesen Beruf bis zum letzten Tag ausüben zu können.«

Du hast dir lange einen straffen, geschmeidigen Körper bewahrt.

»Das ist das Ergebnis der manuellen Arbeit, auch wenn diese Bezeichnung nicht ganz stimmt, denn die Mühe liegt nicht in den Händen. Ich sage lieber Rückenarbeit dazu, denn dort macht sich die ganze Anstrengung bemerkbar. Noch abends im Bett spüre ich in den Rippen die Doppelzentner, die ich auf dem Buckel hatte. Die Hände quälen sich nicht mit der Arbeit, aber der Rücken, der sich den ganzen Tag beugen oder Lasten schleppen musste, ist danach nur noch ein Bündel schmerzender Nerven. Und deshalb nenne ich es Rückenarbeit. Im Laufe der Jahre ist mir der Rhythmus der Strapazen ins Blut übergegangen, die Adern pochen im erforderlichen Takt, der Körper passt sich der andauernden Anstrengung an. Während der Arbeit kann ich meine Gedanken sammeln, unter dem keuchenden Atem und all dem Schweiß gibt es noch Zeit und Raum für sie. Worte ziehen an mir vorbei, Notizen, die ich im Geiste mache und die mir Gesellschaft leisten. Auf der Baustelle fängt zuweilen ein Arbeiter ganz unvermittelt zu singen an, eine eigenartige Fröhlichkeit bei dieser schweren Arbeit. Dann ist ein Gedanke den regelmäßigen Bewegungen entströmt, während der Mann mit hämmerndem Puls Schutt wegschaufelt oder Kalk aufträgt. Sein Atemrhythmus hat ihn an eine Liedzeile, eine Strophe erinnert, und er singt sie. Niemand stimmt mit ein, aber er singt weiter, bis sich das aus einer Kraftanstrengung entstandene Stichwort von selbst erschöpft hat. Ich selbst singe nicht bei der Arbeit, sondern lasse mir einige Zeilen im Kopf herumgehen und hebe sie mir bis zum Feierabend auf.«

Du hast dir auch in Frankreich Arbeit gesucht, auf den Baustellen in den Pariser Vororten. »Es wurde spät hell, und wir beugten uns bereits über das erste Gemisch aus Sand, Wasser und Zement, als die Sonne hinter unserem Rücken aufging. Unsere Gesichter waren staubbedeckt, und so sahen wir uns alle ähnlich, obwohl wir aus aller Herren Länder kamen. Erst abends unter der Dusche bekamen wir unser Aussehen zurück, hinter dem gleichmachenden Staub verbarg ein jeder seine wirkliche Hautfarbe.«

Ich höre wieder die feste Stimme, die aus deinem halb geöffneten Mund kommt, mit dem südlichen Tonfall, der nicht sehr dienlich ist, wenn man herumreist, und der dennoch den Worten ein gewisses Gewicht verleiht. »Wenigstens bin ich das: einer aus dem Süden. Einer, der als Kind die schönsten Tage auf der ganzen Welt erleben und nirgendwo deutlicher als dort das Elend wahrnehmen konnte.«

Das Elend in der Stadt, auch ich erinnerte mich daran. In der Grundschule hatten wir Kinder aus den wohlhabenden Familien immer unser am Morgen gekauftes Schulbrot dabei. Die anderen warteten auf den Pedell, der die »Schulspeisung« verteilte, ein Stück Brot mit etwas Quittenmus. Einer nach dem anderen ging zum Pult, um aus der Hand des Lehrers die ersehnte Mahlzeit in Empfang zu nehmen. Mit gesenktem Kopf kehrten sie dann an ihre Plätze zurück.

In der Pause verschlangen sie ihr Essen mit einer solchen Intensität, dass sich manch einer von uns anderen dazu bewogen sah, das eigene Schokoladenbrot mit ihrer Speise zu tauschen. Aber bei diesem Handel hätte man dazu auch ihren Appetit bekommen müssen und ihre Bedürftigkeit nach diesem Almosen, um mit der gleichen wilden Glückseligkeit die Zähne darin versenken zu können. Auf ihren – wegen der Flöhe – auch im Winter kahl geschorenen Köpfen landeten die Ohrfeigen des Lehrers mit der Wucht eines Peitschenhiebs. Wir bekamen selten Schläge ab und niemals mit dieser Heftigkeit. Aber auf dem rasierten Schädel hatte der rote Fingerabdruck, die schallende Ohrfeige eine lang anhaltende Wirkung, und die Luft war danach schwerer zu schlucken. Zum ersten Mal kamen die Kinder so mit Ungerechtigkeit in Berührung, und sie lernten auch, sie hinzunehmen.

»Als ich aus Paris fortging, war ich krank. In den Monaten zuvor hatte ich gemeinsam mit anderen Arbeitern auf einem Fußboden geschlafen. Das war im Büro des Chefs, der uns drei Monatsgehälter schuldete und sie nicht bezahlte. Am Ende betrog er uns mit ungedeckten Schecks. Daraufhin besetzten wir die Räume des Unternehmens und harrten dort zwei Monate lang aus: wir Arbeiter aus zehn verschiedenen Nationen. Dieses Lager war für manche der einzige Unterschlupf und die einzige Möglichkeit, etwas zu essen zu bekommen. Wir kampierten dort in einem wilden Durcheinander. Nachts atmeten wir unsere Ausdünstungen ein; es roch nach Schuhleder, ungewaschenen Haaren und billigem

Alkohol. In diesen Wochen gesellte sich zu meinem Husten auch noch das Fieber.

In früheren Zeiten hatte ich zusammen mit anderen vor den Toren einer Fabrik Wache gehalten, um dann im Morgengrauen die Eingänge zu blockieren. Oder wir wachten gemeinsam in den leer stehenden Häusern, die wir besetzt hatten, während wir auf die polizeiliche Räumung warteten. In jenen Nächten der kollektiven Schlaflosigkeit konnte man seinen Atem in der kalten Luft aufsteigen sehen, schnurgerade und heiß wie verbrennender Weihrauch. Was hatte ich dort eigentlich verloren, in diesem Herbst im Norden Frankreichs, kurz vor Weihnachten? Ich verlangte mein Geld, kämpfte darum, und dabei war es mir doch völlig gleichgültig. Was verband mich mit den anderen Männern, abgesehen von unserer gemeinsamen Notlage? Nur die Erinnerung an den Atem jener Nächte von einst.

Auf dem Boden schlafen, den Geruch von Schuhen, Haaren, Essensresten noch im Schlaf wahrnehmen. Sich eine Demokratie auferlegen, in der ungelenke Worte und nervöse Hiebe den Ton angaben, zwischen weinenden Betrunkenen und ängstlichen Drückebergern. Sich zu diesem Opfer zwingen, um das zu bekommen, was uns rechtmäßig zustand: endlich den Lohn für unsere Arbeit und Mühsal. Nur deswegen blieb ich und schlief auf meinem Mantel, geplagt von Flöhen, Schulden, dem Fieber und dem Husten.

Wir kannten unsere Gesichter, denn die Namen waren viel zu sonderbar, um im Gedächtnis haften zu bleiben. Mit einigen Ausnahmen: Mustafa, der Algerier, war vierzig Jahre alt und hatte einen dicken Bauch und ein bartloses, gutmütiges Lächeln. Italia, denn so nannte er mich, Italia, hör mal: Es waren die Italiener, die mir das Arbeiten beigebracht haben. Ich war noch ein halbes Kind, eben erst im Hafen von Marseille gelandet, grün und blau geschlagen, gerade aus dem Gefängnis entlassen. Die Italiener haben mir gezeigt, wie man Mauern hochzieht. Ich mag sie gerne, die Italiener. Hast du das verstanden, Italia?

Es war Mustafa, der in diesen entbehrungsreichen Monaten die Aufgaben verteilte und dabei keinen übersah. Eigentlich ein zurückhaltender Mensch, gehörte er zu denen, die in der Stunde der Not an die vorderste Front treten und die geborenen Anführer sind. Mustafa besaß eine Kassette von einem Sänger aus seiner Heimat, der sich Bhar nannte, was in seiner Sprache ›Meer‹ bedeutet. Es gefiel mir, noch einen anderen Namen für unser gemeinsames Meer zu kennen. Ich betonte das ›h‹ kräftig und sprach das Wort fast so aus wie er. Wenn ich es sagte, lachte er immer.

Dann war da noch Daniel, ein jugoslawischer Muskelprotz. Wenn man ihn Jugo nannte, protestierte er immer, weil er aus Montenegro stammte. Er war sehr stark, und wenn er jemandem drohen wollte, tippte er lediglich mit dem Fuß auf den Boden, um dem anderen klarzumachen, dass er ihn ohne Weiteres zerquetschen würde. Auf der Baustelle warf er einmal einen Stein nach mir. Nach der Mittagspause war er nämlich immer schon betrunken. Ich trat dicht vor ihn hin, er klopfte mit dem Fuß, und ich hielt meine Schaufel mit der Spitze nach oben und schob sie ihm ganz knapp unter die Kehle. Ich weiß nicht, warum ich dann aufgehört habe. Vielleicht, weil er betrunken war. Nach der ersten Überraschung ergriff er meine Hand, und wir wurden Freunde. Jeden Morgen rief er mir die einzigen drei italienischen Worte zu, die er kannte: ›Chianti, Beretta, Carabinieri‹.

Ich erinnere mich auch an Maurice aus Toulouse. Seine Stimme und sein Schnurrbart waren die eines Banditen. Aber wenn er über jeden von uns seine Witze machte und sie wie ein Maschinengewehr abfeuerte, dann erbebte der Lieferwagen, der uns allabendlich in die Stadt zurückbrachte, vor Gelächter. Und keiner fühlte sich verletzt, denn niemals war er beleidigend oder aggressiv. Er war einfach der geborene Spaßmacher. Der Türke Kerem sprach langsam und schleppend. Seine Hände waren ungeheuer groß, und er trug einen breiten Goldring. Der riesige Hilfsarbeiter Traorè aus Mali war stiernackig, dabei aber würdevoll wie ein Prinz; seine Mahlzeit bestand stets aus einer Schachtel Erdnüsse, über die er Zucker und Wasser schüttete. Ich erinnere mich an all die Kameraden und versuche, sie beim Namen zu nennen, um sie nicht zu vergessen, doch ich habe sie bereits verloren. Du lebst mit Leuten zusammen, die du dir nicht ausgesucht hast, und teilst mit ihnen dann so viele Dinge, bis sie dir schließlich ans Herz gewachsen sind. Und dann stimmt es dich traurig, dass du so viel Zeit mit ihnen verbracht und nur so wenige Worte gewechselt hast, und dass du fast nichts von ihnen weißt. Eines Tages gehst du fort und siehst sie niemals wieder. Später gibt es Abende, da möchtest du sie gerne treffen, ihnen die Hand drücken, sehen, dass sie gut angezogen sind, und du möchtest dich über all ihre guten Nachrichten freuen. Und wenn sie noch am Leben sind, denkt der eine oder andere vielleicht genau dasselbe.

Aber es gibt auch noch die Kehrseite davon, die vielen ersten Male in einem Umkleideraum, wo dein magerer weißer Körper der einzige ist unter den vielen kräftigen, dunkelhäutigen. Man taxiert sich, und wenn du nicht ganz schnell – ohne auf eine Provokation zu warten – klarstellst, dass du bereit bist, jedem an die Kehle zu springen, bist du schon in Schwierigkeiten. Also wartest du auf die passende Gelegenheit, bleibst maßvoll, lässt aber keine Frechheit durchgehen. Bei den Menschen zählt der erste Eindruck, und an diesen Orten herrscht eine Hierarchie, in der eine Person vor allem an ihrem Auftreten gemessen wird und dann erst an ihrer Leistung. Wenn du dir nicht sofort Respekt verschaffst, selbst auf die Gefahr hin, die Stelle gleich wieder zu verlieren, selbst mit dem Risiko, dass man hinterrücks über dich herfällt, wird dir die Arbeit zur Hölle gemacht. Duldet man einen Streich, folgen zwei weitere, reagiert man nicht auf eine Beleidigung, wird man das nächste Mal vielleicht verprügelt. Wenn man aber schnell etwas entgegnen kann oder sogar die Fäuste sprechen lässt, wird man geachtet, und die anderen setzen sich in der Mittagspause gerne neben dich. Es zählt überhaupt nicht, ob du bei der unvermeidlichen Rauferei der Verlierer bist und dann am Boden liegst; es geht einzig und allein darum, dass du nicht so getan hast, als hättest du nichts gehört. Es ist nicht schwierig, unter den Menschen zu leben, denn überall herrschen die gleichen Sitten.

Früher hieß es, die Arbeiter hätten keine Nationalität.

Das nährte die Hoffnung, der Kampf könne in andere Länder getragen werden. Für mich lag in diesem Satz eine ganz andere Wahrheit. Überall habe ich bei den Arbeitern die gleichen Schwächen erlebt. Viele versuchten, fünf Minuten früher Schluss zu machen. Nach acht verkauften Stunden missfiel mir diese armselige Eile, diese Ungeduld in der Menschentraube vor dem Ausgang. Ich mochte die wenigen, die in aller Gemütsruhe die Schwelle überschritten, denn ich schätze die Würde des Menschen sehr. Und es gibt nur so wenige, die ihre Würde in den kleinen Dingen des Lebens zum Ausdruck bringen. Wenn ich mich bei der Arbeit niemals vor den schwersten Aufgaben drückte, anderen diese sogar abnahm, dann tat ich das weder aus Solidarität noch aus Hilfsbereitschaft. Wenn ich eine Arbeit übernahm, die kein anderer machen wollte, dann konnte man mir schließlich nicht noch mehr aufbürden, mich noch mehr belasten. Natürlich wurden mir deshalb oft die unangenehmsten Arbeiten zuteil, doch ich bat nicht darum, versetzt zu werden, denn dafür lasteten auf meiner Müdigkeit auch keine Ausflüchte und keine faulen Ausreden. Mir missfielen die kleinen Tricks meiner Kollegen und ihre Versuche, sich gegenseitig hereinzulegen. Und dies blieb auch noch ungestraft, weil der Aufseher nach Belieben darüber hinwegsah. Überall habe ich unter dieser aggressiven Stimmung gelitten, und die Schwächen meiner Kollegen hatten keine Nationalität. Trotz alledem war ich auch bei Arbeitern zu Gast, vor denen ich am liebsten den Hut ziehen wollte, wenn ich denn einen getragen hätte. Wenn dir einer von dieser Sorte die Tür aufmacht und dich seiner Frau und seinen Kindern vorstellt, dann spürst du, welche Ehre dir ein Mann erweisen kann, eine Ehre, die du eigentlich gar nicht vergelten kannst. In diesem elenden Dasein finden sich immer ein paar Könige.«

Ich höre wieder deine Stimme und muss an den Kastanienbaum hinter dem Haus denken. In solchen Nächten stand ich immer am Fenster und betrachtete ihn, wie er seine dichte Blattkrone schüttelte und die Blitze in Schach hielt. Ich kenne seine Verletzungen, sie übertreffen die Zahl seiner Jahre, sind stärker als der Frost. Seitdem ich ihn gepflanzt habe, lockere ich jedes Jahr den Boden auf, verbrenne die heruntergefallenen Blätter, streichle ihn und freue mich an seiner üppigen Blüte. In dieser Gegend wachsen keine Kastanienbäume, er ist der einzige, der höchste Stamm weit und breit, und ich fühle mich geehrt, dass er ausgerechnet auf meinem Grund und Boden steht. Zehn Tage lang fallen in jedem Jahr die glatten, glänzenden Früchte herab, von ihrer stachligen Hülle befreit. Ich sammelte die Kastanien für mich und meine Nachbarn, röstete sie im Ofen und verspeiste sie dann mit einem Tropfen Honig. Ich war ganz gerührt, als ich den Baum eines Tages nicht mehr umschlingen konnte, weil der Stamm zu dick für meine Umarmung geworden war.

Ich weiß, dass er da draußen auf mich wartet, aber ich werde nicht mehr zu ihm hinausgehen können. So ergeht es mir auch mit meinem Körper: Ich betrachte die ausgestreckten, steif gewordenen Gliedmaßen und weiß, dass ich sie verlassen muss.

»Hast du schon einmal darüber nachgedacht, in welchem Verhältnis die Muskelkraft eines Arbeiters zu der Anstrengung steht, die auf ihn zukommt? Wägt er ab, ob er sie bewältigen kann oder ob er vielleicht zu schwach dafür ist?« Auf diese Frage wusste ich keine Antwort. Die tägliche Arbeit auf dem Feld hatte mich mager und zäh werden lassen, unter der Haut traten Venen und Nerven hervor, aber sonst war da nicht viel. Mein Körper war ein Mineral aus Knochen und Salz, mit einer spärlichen Umhüllung. Ich vermutete, dass ein Muskel die Belastung ausbalancieren und sie wohl kompensieren könne.

Aber du hast mir erklärt: »Unter Beanspruchung entwickelt sich ein Muskelstrang nicht nur dahingehend, dass er die Arbeit meistern kann, sondern er wird diese dann auch mit der kleinstmöglichen Kraftanstrengung verrichten. Er beschränkt sich also nicht nur darauf, die Belastung zu ertragen – vielmehr wird er noch kräftiger, um sie überwinden zu können. Ich glaube, dass in dieser Energieersparnis der ganze Sinn des Muskelaufbaus liegt; damit also die Arbeit mit dem geringsten Aufwand bewältigt wird. Von dieser Erleichterung abgesehen, kann ich keinen weiteren Vorteil des Stärkerwerdens erkennen. Es ist der Ertrag des Körpers. In der Form eines Muskels erkenne ich eine angeborene Intelligenz. Ein Anfänger, der mit seiner Kelle den Kalk anbringt, die Schaufel oder den Tennisschläger zur Hand nimmt, tut dies auf eine komische, ungelenke Art. Woher rührt diese Unbeholfenheit? Es ist das Fehlen jener physischen Intelligenz, die mit dem kleinsten Aufwand die größte Wirkung erzielt. Das gilt für den Maurer ebenso wie für den Tennisspieler.«

Du warst stets geduldig mit mir, denn es lag dir viel daran, dass ich deinen Gedankengängen folgte. Ich habe dich manchmal gebeten, einen Satz oder eine Geschichte zu wiederholen; aber auf den einen endlos langen Tag wollte ich nicht mehr zurückkommen. Darauf habe ich dich nie wieder angesprochen. Jetzt spüre ich, wie dieser bewusste Tag wiederkehrt, und ich befinde mich wieder an deiner Seite. Ich fürchte die Antwort, die auf mich zukommt, ich fürchte jeden Schritt, der mich zum Verstehen führt.

»Wir sprechen immer von den Versuchungen des Fleisches, aber das wirkliche Verlangen entsteht im Kopf. Die Asketen, Hungerkünstler und Mystiker erlebten bei der Reduzierung ihrer Bedürfnisse auf ein Minimum – also bei der Übung, dem Nichts nahe zu kommen – die Unermesslichkeit des Körpers und seiner Ressourcen. Der Verzicht machte den Körper fruchtbar, nicht das Verlangen, und wer glaubte, ihn durch Entsagungen einzuschränken, fand ihn plötzlich weit offen. Jene Menschen wussten, dass man im Verzicht Halt finden kann, dass die Buße jeder einzelnen Stunde des Tages Sinn verleiht und einen ständig daran erinnert, dass man existiert. Was mich betrifft, so habe auch ich diese Leere kennengelernt, als ich in einem zweitrangigen Krieg als Soldat im Untergrund lebte. In diesen Krieg trat ich nach den sieben Jahren politischer Aktivitäten ein. Es war eine Wüste: Jede Straße war gut genug, um sich zu verstecken oder sich zu verirren, um einen Hinterhalt vorzubereiten oder selbst in eine Falle zu geraten. Wir waren nur wenige, hatten neue Namen und andere Gewohnheiten. Nach den Jahren der politischen Auseinandersetzungen wurde in unserem Land zu den Waffen gerufen, und ich habe mich gemeldet. Später bin ich aus dieser Armee wieder ausgetreten, und ich bin einer der wenigen Soldaten, die unbekannt geblieben sind und sich nicht verstecken müssen, weil sie aus irgendeinem Grund vergessen wurden.«

So begann jener Tag. Nicht aus dem Bedürfnis, zu beichten, hast du geredet, sondern um noch einen anderen daran zu beteiligen. Die Worte meiner Freunde hatten immer die Kraft, mich an ihre Geschichten zu binden, und so ließ ich sie nicht allein in ihrem nochmaligen Handeln – dem Erzählen – und in ihrem nochmaligen Leben, den Besuchen.

Du wolltest mich als Zeugen haben, und ich war ein Herbeigerufener; einer, der dem Lauf der Zeit zuhören musste, ohne ihn aufhalten zu können.

Wir standen in der sonnendurchfluteten Tenne, und du hast mir geholfen, ein neues Holzdach für den Hühnerstall zu bauen. Wie üblich sprachen wir nur wenig, machten höchstens über die Arbeit, die wir gerade in Angriff nahmen, ein paar Bemerkungen, und so achtete ich überhaupt nicht auf deine einleitenden Sätze. Wir hämmerten Nägel ein, du warst flink und geschickt. Wir schwitzten, denn jener November war sehr warm. Die Tage waren von einem anhaltenden Blau, der Himmel leer, die Vögel fortgezogen.

»Wenn ein Nagel in das Holz fährt, hat man den Eindruck, dass er genau an der anvisierten Stelle angekommen ist und nicht an einem anderen passenden Punkt. Er trägt das Zentrum in sich, wie ein körperlicher Schmerz. Der Schmerz wie auch der Nagel ordnen dort, wo sie eintreten, den Raum um sich herum.«

Deine Gedanken erstaunten mich. »Das sind eigentlich keine richtigen Gedanken, sondern nur Impressionen, unbewusst entdeckte Dinge.« Dann hast du den Nagel angesetzt und ihn mit drei Schlägen ganz im Holz versenkt. Du warst vierzig Jahre alt. An diesem strahlenden Herbstmorgen schienst du aus der gleichen Materie zu bestehen wie die Dinge, die uns umgaben: aus Stein, Eisen, Holz, Baumwolle, jedenfalls nicht aus Fleisch und Blut. Ich vertraute dir, so wie du warst. Um uns herum herrschte Stille, nur unsere eigenen Geräusche waren zu hören. Dann hast du mir den Hammer aus der Hand genommen und ihn neben deinem abgestellt. Die Schläge waren verstummt. Du hast mit den Fingern über deine Handfläche gestrichen und gesagt, die Furchen kämen und gingen, und sie veränderten, je nach Arbeitsgerät, ihre Form und Konsistenz. »Nach einer Ruhephase werden die Hände wieder glatt, aber sie vergessen nichts. Die Haut auf der Handfläche hat ein gutes Gedächtnis, sie erinnert sich an das Papier, in dem ein Geschenk eingewickelt war, an die Beschaffenheit der ersten Nuss, die man in der Faust zerdrückte, an die Form eines flachen Steines, den man über die Wasseroberfläche springen ließ. Auch die Stellen eines Materials, die man mit dem Werkzeug bearbeitet hat, werden in der Hand gespeichert. Und während ich noch im Handgelenk den Schlag des Hammers auf den Nagel spüre, erinnern sich die Handfläche und das Gehör dabei an den Schlag, der hart auf einen Schädel trifft. Wenn ich bei den kurzen und heftigen Kämpfen als Erster zuschlagen und mit dem Arm ungehindert ausholen konnte, dann vermittelte mir das Stück Eisen oder Holz, das ich in der Hand hielt, den Widerstand des Schädels, auf den es traf. Dieser Schlag verbleibt in der Hand, die ihn ausführt, so wie er auch in der Ohnmacht des Getroffenen nachwirkt. Der Kopf eines Menschen ist hart und nicht so zerbrechlich, wie er aussieht. Auch ich habe Schläge einstecken müssen. Einmal bekam ich einen Hieb fast senkrecht von oben auf die Stirn, und ich hatte das Gefühl, er würde mir bis hinunter in den Hals gehen. Aber ich war nur einige Minuten lang bewusstlos und wurde mit ein paar Stichen genäht. Die Tiere suchen immer die Kehle, die Menschen dagegen den Kopf. Das haben wir schon als Kinder gelernt, weißt du noch? Wenn wir uns nach der Schule balgten, riefen die anderen immer: Gib ihm eins auf die Rübe!«

Du hast mir die Narbe am Haaransatz gezeigt, wo sich der Schlag tief ins Fleisch geprägt hat. Dein bitterer Tonfall und dein leerer Blick verwirrten mich. Du zeigtest kein Mitleid, kein Erbarmen, und bei dieser ersten Erzählflut empfand ich sogar Erleichterung, dass du nicht auch noch von deinen Gefühlen sprechen, sie nicht in die Erzählung einflechten wolltest. Von dem Übel konnte ich mich nicht mehr lösen, das du und andere Männer euch gegenseitig zugefügt habt, denn ich hatte schon teil an eurem Blut und hätte niemals distanziert zuhören können. Ein Bedauern oder Gewissensbisse angesichts der Wunden hätten mich nur noch vollends verwirrt. Wenn du noch einen Moment innegehalten hast, dann nur aus dem Grund, weil das Böse wie ein

Sturm aufzieht. Die Menschen werden im Freien überrascht, und nirgendwo gibt es Schutz.

»Als Junge habe ich überall Gewalt gesehen. Aus den Regalen meines Vaters nahm ich mir immer Bücher über den Krieg, und ich wuchs mit dem Gefühl auf, eines Tages für die Gräuel und die Untaten zur Rechenschaft gezogen zu werden, die eine frühere Generation begangen hat und die auf die nachfolgenden zurückgefallen sind. Das zwanzigste Jahrhundert ist ein antikes Zeitalter geworden, es ist mit Flüchen beladen. Als ich dann in den Straßen die Kämpfe und Auseinandersetzungen sah, war ich bereit. In dem ersten Stein, den ich warf, lag schon die Bereitschaft zu töten und getötet zu werden. Die Politik war für mich nur organisierte Wut, und man bekam ein dickes Fell. Und so vergingen nicht nur Wochen, sondern Jahre, ich lernte Waffen zu tragen, und ich habe Menschen getötet. Zuerst einen und dann noch einen.«

Du hast Luft geholt, während mir der Atem stockte. Ich habe wieder vor Augen, wie ich damals dastand. Mit gesenktem Blick, hängenden Armen, zusammengepressten Lippen, und mein Atem kam nur noch stoßweise. Ich versuchte, das Gewicht, das du mir gerade aufgebürdet hattest, zu tragen – soweit es in meinen Kräften stand. Und du sprachst weiter, mein Schweigen war die Einladung, der du bedurftest. Ich keuchte und zitterte bei deiner Erzählung, aber genau diese Schwäche kam mir nun zu Hilfe. Wenn man vor Schmerzen taumelt, so ist das auch ein Mittel, sich nicht gänzlich von ihnen überwältigen zu lassen. Darüber denke ich gerade nach, jetzt, da ich es ertragen kann, diesen Tag noch einmal nachzuempfinden.

Es roch intensiv nach dem frisch bearbeiteten Holz, und das gemähte Gras vergilbte langsam und verströmte seinen süßen Duft. Du sprachst von ermordeten Menschen, aber ohne Bilanz zu ziehen, denn deine Worte waren: einer und dann noch einer; aber du sagtest nicht zwei.

Gibt es auf Erden eine Rechtfertigung dafür? Welcher Notwendigkeit hast du dich nur gebeugt?

»Ich war keiner, der glaubte, auf eine derart extreme Weise seine Pflicht erfüllen zu müssen. Es gibt Mörder, die sich als letztes Glied einer Kette von Amtshandlungen betrachten und nur den letzten Teil eines Urteilspruchs vollziehen. Zu denen gehörte ich nicht, ich erledigte keine Vorgaben, sondern ich verübte Taten, die ich einzig und allein selbst zu verantworten hatte. Du fragst, ob es einen Grund gibt, so tief zu sinken. Es gab sogar sehr viele Gründe, und man wird sich immer neue ausdenken, wenn die alten nicht mehr ausreichen oder ausgedient haben. Aber den Preis des Lebens sind sie nicht wert, denn für das Leben gibt es keinen Ersatz. Das habe ich erst hinterher begriffen, wie überhaupt das ganze Ausmaß der Ereignisse. Damals war ich freiwilliger Soldat einer Streitkraft, die für uns nur eine provisorische war. Ich will hier nicht die Gründe rekonstruieren, warum über einen Feind das Todesurteil gesprochen wurde. Vielmehr versuche ich, alle Begleitumstände eines solchen Falles beiseitezulassen, denn ich spreche jetzt nur von den Auswirkungen, die das alles auf mich hatte.

Ich habe mich niemals Illusionen hingegeben, nie habe

ich geglaubt, dass sich die Welt von unseren Anschlägen nicht wieder erholen würde, dass sie gezeichnet bleiben würde und sich nur veränderte, wenn man etwas unternahm. Die Welt lässt sich nicht von dieser Art von Gewalt beeinflussen, ebenso wenig wie sie sich von Gebeten irritieren lässt. Nein, ich habe geglaubt, eine andere Form von Gerechtigkeit walten zu lassen, Teil eines Kodexes zu sein, der Exempel statuieren und nicht bloß Gesetze anwenden wollte. Meine Absicht war, die Feinde zu erschüttern, sie in die Flucht zu schlagen, wenn ich sie schon nicht dazu bewegen konnte, sich auf unsere Seite zu stellen. Ich wollte siegen, damit wir endlich aufhören konnten, damit es eine Amnestie gab, und nicht, damit die schwarzen Listen noch länger wurden.

Mit den exemplarischen Aktionen wollten wir beweisen, dass es noch eine andere Macht im Staat gab, und wir wollten sie auf diese ganz klar umrissene und leicht verständliche Weise entfalten. Aber das gelang nicht. Wir verstanden uns nicht auf die Kunst dieser neuen Gerechtigkeit, obwohl wir vom Gegenteil überzeugt waren, denn schließlich hatten wir sie ja mit unseren Kräften geschaffen. Es geschahen sinnlose Morde, die wir einfach hinnahmen. Wir scheiterten, weil wir nicht fähig waren, bei unserer Rechtsprechung den Drang zur Willkür zu unterdrücken. Wir ließen es zu, dass sich unser Wagemut mit Vermessenheit vermischte, und das war nicht nur bei den Bluttaten der Fall. Ich erinnere mich daran, wie massenhaft Kaufhäuser geplündert wurden, und das war der Ausdruck einer ungezügelten, hemmungslosen Genugtuung. Wir haben versagt: Das große Potenzial einer Generation erwies sich als untauglich für unsere Ziele, die uns dennoch erreichbar schienen, weil sie eine solch breite Unterstützung fanden.

Es mangelte nicht an klugen Köpfen, aber diese vergeudeten ihre Kräfte in den nun entstandenen Führungskadern. In dieser Generation war niemand imstande, zur Besonnenheit zu mahnen. Wir glaubten, die Entwicklung unserer Politik kontrollieren und unser weiteres Geschick mit großer Gewissheit bestimmen zu können. In dem Missverhältnis, das zwischen unserem Auftrag und der Intelligenz, diesen auch ausführen zu können, bestand, verlor sich ein ganzes Expeditionskorps, das in die wüste Zukunft vorgedrungen war, um von ihr Besitz zu ergreifen und um zur gegebenen Zeit die Waffen einzusetzen. Auch ich meldete mich zum geheimen Kampf. Wir waren die leichte Infanterie, wir erschöpften unsere Reserven und wüteten wie die Räuberbanden in den Bergen des Apennin, jede Gruppierung für sich. Das letzte Häuflein dieser Kämpfer konnte schließlich nicht mehr ertragen, wie lange der aussichtslose Kampf anhielt, und vertraute sich den besten Führern an, nur um sich verraten zu lassen und im ersten Morgengrauen mit einem Seufzer der Erleichterung die Handschellen zu empfangen.

Dem konnte ich entgehen, und so habe ich den Beruf des Arbeiters wieder aufgenommen. Ich habe nichts verleugnet, aber ich würde nie wieder morden und verletzen. Kämpfe und Niederlagen haben meine Seele betäubt. Wenn die gealterten Personen eines Tages vielleicht aus dem Gefängnis kommen, wird einer womöglich mit leiser Stimme sagen, dass sich die Rangordnung in unserer Gemeinschaft nun endlich aufgelöst hat.«

Du hast vorgeschlagen, einen kleinen Spaziergang zu machen. Im Gehen wolltest du sprechen, damit ich nicht dauernd regungslos zuhören musste. Ich löste mich aus meiner Erstarrung und legte die Hände auf den Rücken. Wir schlugen den Weg ein, der an den Bienenstöcken vorbeiführt. Im Sommer ist die Luft von einem unterschwelligen Summen erfüllt, dem sonoren Basston einer Emsigkeit, die aus einem blühenden Tag einen Tropfen Honig gewinnt. Es ist der Gesang eines Willens, der unerschütterlich vollzogen wird. Unermüdlich gehorcht die ganze Schöpfung einem Antrieb, der mich berührt und der doch meiner Wahrnehmung entgeht.

Bei meiner täglichen Arbeit habe ich versucht, diesen Antrieb nachzuempfinden, in der Gewissheit, dass mein ganzes Wirken eigentlich vergeblich und grundlos ist, nichts als die Rückerstattung der mir verliehenen Energie. Und so verausgabt sich die Schöpfung ohne Unterlass, und vielleicht ist das ja eine Art Gebet; die Kraftquelle liegt vielleicht in den gewissenhaften Ritualen, mit denen sie ihren Auftrag erfüllt und aus denen sie Freuden gewinnt, die mir unbekannt sind.

In der unbeweglichen Stille des Herbstes knirschten unsere Schritte laut auf dem Kiesweg. Den Blick auf unsere Füße gerichtet, gingen wir auf den leichten Berghang zu. Wir atmeten tief ein und aus, auf dem Höhepunkt unserer Kräfte.

»Ich rechnete mich nicht zu den Anführern einer Schar kampfbereiter Männer, sondern fühlte mich vielmehr wie eine der letzten Nummern, die man bei einer Tombola zieht. Das Allerletzte, das einer wie ich werden konnte: ein Mörder. Ich lebte noch nicht lange im Untergrund und hatte aufgehört zu arbeiten. Damals erfuhr ich, was Isolation bedeutet, auch wenn man mitten unter den Menschen lebt, um sich nicht entdecken zu lassen. Den Tausenden auf den Straßen und bei den Nachtwachen hatte ich den Rücken gekehrt, um in einen Schützengraben zu steigen, der mich von nun an immer und überall umgab. Es war eine Isolation, die undurchdringlicher ist als die Einsamkeit. Ein versunkenes Leben, in dem man sich wie ein Taucher bewegen musste, mit Gewichten belastet, um auf dem Meeresgrund überhaupt voranzukommen.

Ich hatte die Gewohnheiten des Mannes, der mein Ziel werden sollte, genau studiert. Sein regelmäßiger Tagesablauf war vorteilhaft für die Falle, die ich ihm stellen wollte. Als mein Plan fertig war, stand ich eines Morgens schon vor der Dämmerung auf. Ich frühstückte, reinigte nochmals die Waffe und ging zur Toilette, denn es ist wichtig, sich vor einer derartigen Aktion zu entleeren.«

Mitten auf dem Hang blieb ich stehen, ich hielt den Mund geschlossen und hatte kaum noch Luft in den Lungen. Ich sah die Sträucher mit den vertrockneten Brombeeren am Wegesrand und spürte ihre Stacheln unter meiner Haut: Wie konntest du nur Tod, Kaffee und Toilette in einem Atemzug nennen? Ich empfand keine Empörung, denn dazu bin ich noch nie fähig gewesen, aber ein stechender Schmerz ließ mich innehalten. Du bliebst etwas weiter vorne stehen.

»Ich habe ihn nicht gehasst. Ich musste mich auch nicht selber aufhetzen, um zuzuschlagen. Als ich ihn dann schließlich getötet hatte, spürte ich, wie alles in mir zerbröckelte: mein Motiv, der Urteilsspruch, jenes sich auf Exempel gründende Recht und dieses ganze soldatische Gehabe, das mich bis zu diesem Zeitpunkt aufrechterhalten hatte. Ich empfand keine Bestürzung, ich empfand gar nichts. Um einen Körper zu töten, genügt die Geste eines anderen Körpers. Es war eine einfache Tat, die ich wie eine gewohnte Bewegung ausführte. Es gibt kein Motiv, das für einen Mord herhalten muss, der Körper allein genügt zum Töten.«

»Weißt du, dass du völlig sinnlos gemordet hast?« Die Frage entglitt mir ganz unvermittelt. Sie war mir von den Fußsohlen bis zu den Lippen aufgestiegen, und sie kam so plötzlich, dass ich unwillkürlich einen Schritt auf dich zumachte.

»Auch Sterben ist sinnlos«, und du gingst wieder weiter, »was denn sonst? Im Nachhinein geben oder nehmen wir dem Tod einen Sinn. Aber das Sterben hat keine Aussage. Man sagt, man stirbt für etwas oder auch vergeblich, aber das stimmt nicht.

Zum Sterben ist nichts erforderlich, Sterben genügt sich selbst, es braucht keine Attribute. Wenn ein Mensch den Tod findet, mit zwanzig oder mit hundert Jahren, dann stirbt er für gar nichts, denn das Leben ist kein Tauschgeschäft. Dem Tod kann niemand etwas hinzufügen oder wegnehmen. Der Tod besitzt eine unabänderliche Erhabenheit, und diese steht jedem Menschen zu. In einem Bett oder vor einem Hinrichtungskommando – jeder stirbt nur für sich allein.

Tief in mir spüre ich meinen Namen: Mörder. Aber nicht deshalb, weil es in meinem Leben ein paar Minuten gab, die mich dazu gemacht haben. Ich bin ein Mörder, weil hinter dem Leben, hinter der Schale des menschlichen Wesens, ein geheimes Auge verborgen ist. Von diesem Auge bin ich gesehen und entblößt worden. Ich bin nur ein Körper, der andere Körper getötet hat, kein Soldat in einem zweitrangigen Krieg, und es gab auch keine Feinde. Was aber ist ein Mörder? Einer, der eine abgenutzte Schwelle überschreitet und nackt wieder hervorkommt.«

»Es geschah so. Ich nahm den Bus bis zu einer verabredeten Stelle, und dort wartete ein Freund, der mich fahren sollte. Das Auto hatten wir schon vor einiger Zeit gestohlen. Ich wartete ein paar Minuten bei einer Garagenausfahrt, von der aus eine Rampe auf die Straße führte. Dann hörte ich das Geräusch eines Wagens, der im ersten Gang anfuhr. Ganz oben auf der Rampe hielt er an – wie es seine Gewohnheit war –, um zu sehen, ob die Straße frei war. Darauf hatte ich gewartet. Meine Pistole war schussbereit, und ich drückte in dem Moment ab, als ich mit einem einzigen Schritt und einer einzigen Bewegung meine Deckung verließ. Ein Schuss, und dann noch einer, der Wagen machte einen Satz nach hinten, vielleicht war der Mann vom Kupplungspedal abgerutscht. Ich folgte ihm einige Schritte die Rampe hinunter und schoss noch ein drittes Mal, wieder in die Brust. Dann lief ich zu unserem Wagen, der nur wenige Meter entfernt wartete, und wir rasten davon. Es war noch nicht einmal hell geworden, und alles war schon vorbei. Ich hatte eine großkalibrige Waffe benutzt, ein einziger Schuss hätte eigentlich genügt, aber ich schoss dreimal. Das war kein überflüssiger Exzess. In dem Kugelhagel manifestierte sich ein Urteil, das über den Verurteilten hinausging und all jene miteinschloss, die sich von diesem Moment an als Hinterbliebene betrachten mussten. Nach dem ersten Schuss hätte ich gern aufgehört. Ich wollte innehalten, ihn in Ruhe lassen, nicht auch noch seinen Tod misshandeln. Aber es ging hier nicht nur um eine Sache zwischen uns, denn schließlich waren wir beide der verlängerte Arm zweier verfeindeter Lager, und wir mussten töten und sterben, weil unser Hass schon dieses Ausmaß angenommen hatte. Ich musste meinen Auftrag weiterführen, und ich setzte für all die anderen das fort, was zwischen uns beiden bereits mit dem ersten Schuss erledigt gewesen war. Ich sage ganz bewusst: zwischen uns *beiden*. Es gibt einen kurzen Moment, in dem sich ein Mann und dessen Mörder ganz nahe stehen; eine Vertrautheit, die sich nur auf Blut gründen kann. Ich wurde sein Blutsverwandter. Bevor ich die Flucht ergriff, gingen mir noch Bruchteile anderer möglicher Reaktionen durch den Kopf, zum Beispiel, ihn hochzuheben und wegzutragen. Aber das war nur einer der Impulse, die in der Erregung nach der Tat ganz normal waren und die in diesem Moment meine Gedanken und Nerven durchströmten.

Ich empfand Ekel, und das Geräusch der beiden Schüsse klang mir überlaut in den Ohren. Diese Wahrnehmungen konnte ich erst viel später in Worte fassen. Vor Ort waren sie nur der Hohlraum zwischen einem Schuss und dem nächsten.«

Wir erreichten einen Pfad, der wieder eben verlief. Du bewegtest dich leichtfüßig, setztest die Sohlen kräftig und geschmeidig auf, deine Schritte konnten kaum den Schwung zurückhalten. Es sah aus, als ob du sie zügeln müsstest, damit sie nicht von alleine losrannten. Es war schön, dir beim Gehen zuzusehen.

Ich war schweißüberströmt, und du hast mir ein Taschentuch gereicht. Dann hast du einen alten Satz aus unserem Philosophieunterricht zitiert: »Man badet nicht zweimal im selben Fluss«, und hinzugefügt: »Nicht einmal im selben Schweiß.« Von den vielen Sprüchen, die man einmal einem Denksystem entnommen hat, bleiben einige im Kopf, ganz von selbst haben sie sich dort eingenistet. Ein Junge, der sie zum ersten Mal hört, mag darüber lachen, aber er kann sich ihnen nicht entziehen. Dieser Satz, der vor langer Zeit vielleicht mit Erleichterung oder auch mit Schmerz gedacht wurde, entsprang einer Ergriffenheit, die ansteckend war. Und er würde im verwunschenen Speicher der Erinnerungen enden, ebenso wie die langen, sonnigen Tage am Meer. Und wir würden Sätze wie diesen auf eine unordentliche Art irgendwo ablegen, aber an einem kummervollen Tag würden wir ihn als Rettungsanker wiederfinden. Ich trocknete meine Stirn und schloss die Augen. Dieser Satz rief mich in der Ferne.

Ich musste an meine Mutter denken, mit ihrem blauen

Kopftuch, das die Haare verbarg. Obwohl es mittlerweile fließendes Wasser in unserer Küche gab, verbrauchte sie nur sehr wenig davon, eingedenk der früheren kargen Zeiten. Es gibt eine Form der Sparsamkeit, die in Gesten und Gewohnheiten wurzelt. Und auch wenn sie irgendwann einmal nicht mehr notwendig ist, verbleibt dennoch ein genaues Maßhalten, als wäre es eine Art Lebensregel. Nach dem Essen leistete ich meiner Mutter immer Gesellschaft, während sie die Küche aufräumte und den Wasserhahn unzählige Male auf- und zudrehte, denn niemals ließ sie das Wasser ungenutzt laufen. Wenn sie kreuz und quer durch die Küche lief, machte ich ihr immer Platz, und manchmal strich sie mit einer nassen Hand über meinen stets zerzausten Schopf. Sie war eine Frau, die aus Schamhaftigkeit zurückhaltend war und nicht aus einer Geisteshaltung heraus. Die Regungen ihrer Seele blieben ihr in der Kehle stecken, und dann konnte ich sehen, wie sie errötete. So verwandelte sich ihr Leid in einen erstickten Husten. Sie hatte einen besonderen Kummer, der mit der Zeit immer größer wurde: dass sie nur einen einzigen Sohn zur Welt gebracht hatte, der noch dazu so verschlossen war. Sie mäkelte zärtlich an meinem knochigen Körper herum und sagte, dass sie mich überhaupt nicht mehr berühren könne, ohne sich an irgendeiner Kante zu stoßen. Wenn ich gegen ein Hindernis prallte, war das eine Begegnung zweier harter Materialien, und ich bekam lauter blaue Flecken, die nur sehr langsam wieder verschwanden. Solche Vorfälle brachten sie zum Lachen, aber das unerwartete Glucksen erstarb in ihrer Kehle und endete in einem Hustenanfall.

Ich unterbrach dich und sprach von ihr, während der von Brombeersträuchern gesäumte Pfad sich immer weiter verengte. Weiter vorne signalisierte ein Eichengehölz das Ende des Weges. Der Tag war strahlend schön, aber wir bemerkten es nicht mehr.

In der anschließenden Stille dachtest du an deinen Vater, und um mich aus meiner Melancholie zu befreien, erzähltest du von ihm. »*Aceto, Arcobaleno*, Essig und Regenbogen. Mit diesen Wörtern begann in alphabetischer Reihenfolge sein kleines mehrsprachiges Wörterbuch, mit dem er meiner Schwester und mir Englisch und Französisch beibringen wollte. Er kam zum Abendessen nach Hause und hatte dann ein bisschen Zeit für uns. Wir waren schon alt genug, um von ihm etwas zu lernen. Er nahm in einem zerschlissenen grünen Sessel Platz, wir setzten uns auf die Armlehnen, und dann hörten wir diese ersten wichtigen Vokabeln und sprachen sie nach. Er erklärte uns ihre Bedeutung: Den Essig nennt man in England und in Frankreich ›sauren Wein‹, und zum Regenbogen sagt man auf Französisch ›Himmelsbogen‹. Diese Bezeichnungen fanden wir schöner als die unserer eigenen Sprache.

Aceto, Arcobaleno: All die anderen Wörter sind aus der Erinnerung verschwunden, aber diese beiden habe ich behalten, weil sie am Anfang standen, und nur von den Anfängen ist mir je etwas geblieben. Deswegen habe ich ständig den Arbeitsplatz und die Stadt gewechselt und immer wieder von vorne angefangen, als wäre dies meine Aufgabe. Und ich glaube, dass ich darin meiner Zeit gleiche; diesem Jahrhundert, das sich zu Beginn viel vorgenommen hat, ohne den weiteren Verlauf kontrollieren zu können. Für uns Kinder, auf den Armlehnen von Vaters Sessel sitzend, begannen die Anfänge immer am Abend.

Das Zimmer hatte einen weichen Klang, denn es war bis unter die Decke mit Büchern vollgestopft. Nach den fremdsprachigen Worten gingen wir zur Malerei über. Er nahm von einem Stapel mit Reproduktionen einzelne Blätter, und wir mussten die Künstler nennen oder sogar erraten. Wie aus der Pistole geschossen riefen wir jene ehrwürdigen und außergewöhnlichen Namen: Ghirlandaio, Pinturicchio, Delle Notti. Wir lernten die Titel und die Bilder.

Einmal, ich war schon auf dem Gymnasium, nahm er mich mit nach Paris, denn zu seiner großen Freude hatte er die Fahrkarten gewonnen. Unverzüglich gingen wir ins Museum, um unsere Gemälde zu sehen. Ich kann die Begeisterung gar nicht schildern, die mich überkam, als ich die Bilder aus meiner Kindheit wieder sah, noch beeindruckender in ihren großen Rahmen. Ich hatte Lust, wie früher die Namen der Maler herauszuschreien, und nie hätte ich gedacht, dass das Wiedererkennen so ergreifend sein könnte. Die hintere Wand im Saal der italienischen Renaissance wurde ganz von Veroneses *Die Hochzeit zu Kana* eingenommen. Der Raum, der die Ausmaße eines kleinen Platzes hatte, war voller Besucher. Ohne die vielen Menschen zu beachten, durchmaß mein Vater mit schnellen Schritten den riesigen Saal, als würde er mir gerade seine Privatsammlung zeigen. Wer die Kunst liebt, erliegt diesem Rausch. Im Gehen erklärte er mir eilig: ›Hier haben wir die Renaissance, es gab dort ziemlich viele Künstlerwerkstätten, die für ein kleines, aber kundiges Publikum miteinander konkurrierten. Hinter jeder dieser Arbeiten steckt ein Vertrag mit einem anspruchsvollen und wachsamen Auftraggeber, der den Geldbeutel zuhielt und die Fristen genau überwachte. Dieser finanzielle und zeitliche Druck aber schadete dem Künstler nicht, im Gegenteil, so wurde er zu Disziplin und Bescheidenheit erzogen. Ein Künstler muss die Not im Nacken spüren.‹

Dann standen wir endlich vor der gewaltigen Darstellung der *Hochzeit zu Kana*. Mein Vater sagte, wenn ich mich völlig darauf konzentrierte, dann würde ich die Geräusche im Saal hinter unserem Rücken nicht mehr wahrnehmen, denn in dem Gemälde war das Schweigen. Das war der Moment, erklärte er mir, den der Maler festgehalten hatte: Der Lärm des Festes verebbte allmählich, und eine totale Stille kündigte sich an. ›Nun geschieht die wundersame Wandlung von Wasser zu Wein, und in den Bechern verfärbt sich rot die neue Flüssigkeit. Der Mann in der Mitte vollbringt seine erste Manipulation; zum ersten Mal entfaltet er jene umwälzende Energie, mit der Wunder einhergehen. Er tut es, um das Fest zu vollenden. Und er hat bereits diesen versunkenen Blick, wie auch bei jenem anderen Mahl, bei dem er einen Abschied ankündigen wird. Es ist ein Mann an seinem letzten Osterfest. Mit diesem Augenblick konzentrierter Energie lässt uns der Maler die Stille wahrnehmen. Diese Stille gerinnt, wie von Menschen vergossenes Blut.‹

Er sprach schnell und gewandt, wobei er die für ihn so

offensichtlichen Dinge flüchtig veranschaulichte. Dabei waren es doch Einfälle, die gerade durch einen ersten Eindruck entstanden waren, Variationen eines intuitiv erfassten Themas. Schweigend folgte ich seinem Spiel. Auch heute noch bewundere ich seine Improvisationskunst, niemals hat er eine Idee vorausbedacht. Ich war so aufgeregt, als hätte ich eine Vision, wie ein Kind bei seinem ersten Besuch im Zoo.«

Eine Stille, die gerinnt, sich verdichtet. Die Worte deines Vaters beschrieben etwas, das auch ich kannte. Die Stille ist kein Zustand der Ruhe, sondern der Spannung, wie in einem Strudel, der alle Geräusche wirbelnd in seine Tiefen zieht. Das geschah an vielen Abenden, im Haus und in mir. Wenn ich nach dem Abendessen das Geschirr aufgeräumt hatte, saß ich mit leerem Blick im Schaukelstuhl, und dann geschah es. Sie kamen, scharenweise, vage bekannte Gesichter, die an die Züge meiner Eltern erinnerten. Es waren die Vorfahren, die Ahnen: Sie verschränkten die Finger, brachten ihr Haar in Ordnung, machten langsame Schritte und bewegten sich auf eine Weise, die mir bekannt vorkam, weil sie in mir wieder aufgelebt war. Sie kamen, wenn ich abwesend war, als ob ich mich in einen Winkel verkrochen und ihnen das Feld überlassen hätte. In jedem von ihnen, Mann oder Frau, zeigte sich ein Detail, das mir ähnelte. Manchmal, sehr selten, konnte ich unter ihnen, versteckt in der Menge, auch meine Eltern wahrnehmen. Sie alle hielten sich in dem Raum auf, den ich ihnen bei meinem Rückzug überlassen hatte, und das Haus wurde zur Piazza, zur Tenne, zum Strand – jedes Mal ein bestimmter Ort, der von ihnen hervorgerufen wurde. Sie bildeten keine Prozession, die nach Generationen geordnet zu mir herabstieg, nein, sie kamen alle gleichzeitig. Die Toten treffen in einer universellen Zeit zusammen, und jeder trägt in sich dieses Immerwährende. Ich zog mich immer weiter zurück, und auf die Versammlung meiner Ahnen sank die Stille hernieder.

Wenn ich dann wieder zu mir kam, kehrten die Geräusche aus der Tiefe zurück. Dein Vater hatte in einem Gemälde die geronnene Stille gesehen, und ich wurde durch seine visionäre Sensibilität an eine umfassendere Hör-Erfahrung erinnert, wo das intimste Geschehen nicht isoliert, sondern verbindet. Männer wie dein Vater haben die Gabe, durch ihre Intelligenz andere zu ermutigen.

»Schließlich kamen wir zu Raffaels *Baldassarre Castiglione*. ›Schau ihn dir an‹, sagte Vater, ›dreh mal ein bisschen den Kopf und lass deine Augen ins Leere sehen, ohne zu fokussieren. Sein Blick reagiert nicht auf das normale, automatische Sehen, dieser Blick ist ein Bündel kleiner Teile. Er durchdringt uns und überwindet die schwache Barriere, die unsere Körper seiner Tiefe entgegensetzen. Es sind die Augen eines Menschen, der von einem Buch aufblickt, in das sich seine Seele begeben hat, und dem, solange er sich darin aufhält, die ganze Welt wie der fünfte Aufzug eines Schmierentheaters erscheint.‹

Welche Worte mir mein Vater da schenkte. Ich war für ihn die Gelegenheit, sie endlich auszusprechen, und statt sie aufzuschreiben, vertraute er sie mir an.«

Er wusste vieles, habe ich zu dir gesagt.

»Ach was, gar nichts wusste er. Er hatte eine starke Einbildungskraft und erfand das, was er sah. So nahm er die Blindheit voraus, die ihn treffen würde, und er erschuf sich rechtzeitig eine Welt, die auch im Dunkeln sichtbar war.

›Willst du wissen, wem diese Augen gehören?‹, fragte er mich, immer noch von *Baldassarre Castiglione* sprechend. ›Es sind die Augen des großen malaiischen Orang-Utans, den ich als Kind im Basler Zoo gesehen habe. Auch diese Augen gingen über die Menschheit hinaus, die sich vor dem Käfig ansammelte, und sie verloren sich an einem anderen Ort, in einer anderen Zeit. Das Licht eines hoffnungslosen Tieres, wie die Augen eines kranken Großvaters, der schlaflos in der Nacht im Haus herumwandert, ohne sich zu beklagen.‹

So war er, ein Meister der unvermuteten, erfindungsreichen Gedankensprünge. Ich bewunderte ihn und wahrte gleichzeitig Abstand. Man konnte nicht so wie er sein, nicht einmal sein Sohn konnte sich das einbilden. Entweder war man ganz genau wie er, eine identisch nachgebildete Person, oder man musste aus allem schöpfen, was man hatte, um sich von ihm zu unterscheiden. Nur mit mir sprach er auf diese Art und Weise. Die Spielereien seines fruchtbaren Kopfes irritierten unsere provinzielle Umgebung. Seine gelehrten – oder doch zumindest ungewöhnlichen – Betrachtungen wurden sofort aufs Korn genommen und mit einem wahren Schwall vulgärer Witze und Anspielungen in der Luft zerrissen. Arme Stadt des Südens, abgestumpft durch die Schreckensherrschaft über den Pöbel, der gleichwohl in der Lage war, beträchtliche Grausamkeiten zu entfesseln. Und die Gesellschaftsschicht meines Vaters hegte größtes Misstrauen gegenüber der Intelligenz, die instinktiv mit Tumulten und Aufständen assoziiert wurde. Man musste schon sehr wohlerzogen sein, um die eigene Intelligenz zu verbergen, oder man musste eben an einen Ort gehen, wo sie mehr geschätzt wurde. Mein Vater mit seinem sanftmütigen Wesen respektierte den Groll seiner Umwelt; für mich aber wünschte er sich eine Stadt mit einer weniger brutalen Geschichte und einer weniger von der Natur begünstigten Lage.

Seine gesellschaftliche Stellung, die durch den Verdacht der Intellektualität gefährdet war, behauptete er aber dank seiner allgemein geschätzten Fähigkeit, mit der Hand und dem Mund Fürze zu imitieren. Oft wurde eine Demonstration seines Könnens verlangt. Einmal beobachtete ich ihn auf der Straße, ohne selbst gesehen zu werden, wie er zusammen mit einem Freund einen Bekannten verulkte. Sein Freund hatte diesen Bekannten von Weitem erspäht und rief ihn laut und deutlich mit Namen und Titel. Kaum hatte der Gerufene sich umgedreht, fabrizierte mein Vater eine derartig donnernde Detonation, dass jedes andere Geräusch auf der Straße übertönt wurde. Er konnte den Laut sogar modulieren und ließ ihn in einem hohen Ton ausklingen. Alle drehten sich um, man lachte, jemand applaudierte, und die beiden Komplizen beeilten sich, den Bekannten einzuholen und ihn zur Entschädigung zu einer Tasse Kaffee einzuladen.

Ich schlich mich unbemerkt davon, um ihn nicht in Verlegenheit zu bringen. Denn ich war doch eigentlich der Zuhörer seiner Entdeckungen und Erfindungen, der einzigen

Worte auf der ganzen Welt, die es ihm wert waren, ausgesprochen zu werden. Ich war das Rückzugsgebiet für seine verborgene Stimme. Als ich weglief, wuchs in mir ein derartiger Groll auf unsere Mitmenschen, die seine Äußerungen nur dann akzeptieren konnten, wenn er sich sogleich die eigene Hand auf den Mund presste. Diese Welt entwürdigte ihn, doch er machte sich nichts daraus. Er hatte sich eine Maske aufsetzen lassen, und vielleicht belastete ihn das Verbergen seines wahren Ichs gar nicht so sehr, wie es mich ärgerte. Papa, manchmal denke ich, hättest du mich doch nur gelehrt, ein guter Mensch zu werden; hättest du mir lieber deine endlose Geduld beigebracht. Aber du sprachst immer nur von Gemälden und von Büchern, und du hast, um die Mahlzeiten zu verlängern, zum Abschluss immer noch die Bohnen ins Öl getunkt. Ich blieb oft noch sitzen, um dir Gesellschaft zu leisten. Und du hast manchmal dankbar meine Finger genommen und sie an deine Wange geführt, eine zärtliche Berührung, die ich von selbst nicht gemacht hätte. *Aceto, Arcobaleno*, Essig und Regenbogen hast du mich gelehrt, mir beides, ohne zu urteilen, gezeigt, und ich konnte mich für das eine oder das andere entscheiden. So verhält sich auch das Stachelschwein. Es zeigt seinem Nachwuchs jede Nahrung, auch die giftige, und lässt die Jungen selbst entscheiden, was sie fressen wollen. Ich verstand damals nicht, dass dein fröhliches Gemüt jede Beleidigung unbeschadet überstand, und ich verwechselte die Hartnäckigkeit, mit der du dich nicht demütigen ließest, mit Weichheit. Aber am brennendsten interessierte mich die Frage: Warst du wohl ein guter Mensch? Darüber sprachen wir nie.

Bei einem Besuch zu Hause – es war vielleicht an Weihnachten – war durch meine Arroganz ein Familienstreit entstanden. Es ging um die Gewalt, die in den Städten um sich griff: Ich verteidigte dies vor den anderen, während sich mein Vater traurig und ratlos heraushielt. Mitten in unsere lautstarke Meinungsverschiedenheit sagte er mit leiser Stimme, um die Verständigung wiederherzustellen: ›In deiner Generation glaubt man, auf alles eine Antwort zu haben. Und eines Tages wird man euch Fragen stellen, und ihr werdet auf jede einzelne antworten müssen.‹

Das letzte Mal sah ich ihn, als ich wieder einmal meine Familie besuchte. Ich war bereits ein Mörder, er hatte das Augenlicht verloren und konnte mich nicht mehr sehen. Er trat in das Zimmer, in dem ich gerade ein Buch las, zog sich ein anderes Paar Schuhe an und ging wieder hinaus, ohne meine Anwesenheit zu bemerken. Im Haus fand er sich dank seiner Erinnerung zurecht. Ich blieb ganz still sitzen, um ihn nicht zu überraschen und um zu vermeiden, dass er sich bei mir entschuldigte. Die Blinden befinden sich bei einer unergründlichen Buße. Ich merkte, dass die einzige Hilfe, die ich ihm geben konnte, mein Verschwinden war. Stillschweigend vergeudete ich allmählich sein geistiges Erbe. Als Mörder hatte ich mich sehr weit von ihm entfernt. Mein Vater konnte mich nicht mehr sehen; und was mich betraf: Nicht er war im Dunkel gefangen, sondern die ganze Welt und auch ich selbst.«

Wir waren an einem schattigen Platz stehen geblieben und blickten in den Himmel. Sehr weiße Wolken zogen von Westen heran. Bald würde der Herbst auch das Tal erreichen. Wir entschlossen uns zur Umkehr, um dem drohenden Gewitter zu entgehen. Ich hatte die Tiere im Freien gelassen und machte mir ihretwegen Sorgen.

Wir liefen mit schnellen Schritten den Hang hinunter. Du warst jetzt schweigsam, wolltest schnell zurück. Der Regen erwischte uns kurz vor dem Haus. Es war ein heftiger Guss, der sofort den Weg aufweichte. Triefnass kamen wir ins Haus, ich machte Feuer und ging gleich wieder nach draußen, um die Tiere in den Stall zu bringen. Als ich wieder hereinkam, hattest du die Kleider auf den Stühlen ausgebreitet und diese vor das Feuer gerückt. Ich machte etwas zu essen, und du lobtest alles sehr, selbst den kräftigen Wein, den ich immer im Haus hatte. Im Halbdunkel eines verfrühten Abends blieben wir noch am Tisch sitzen. Der einzige Lichtschein kam vom Kamin, vor dem die nassen Kleider dampften. Wir sahen ins Feuer.

»Der andere, den ich umgebracht habe, hat mit dem Ersten etwas zu tun. Es war derjenige, der mich bei der ersten Aktion gefahren hatte. Ich habe ihn getötet, und er war mein Freund. Einmal hat er mein Leben gerettet. Ich will dir auch davon erzählen.

Zu viert waren wir in eine Wohnung eingedrungen, die von einer feindlichen Gruppe benutzt wurde. Ohne zu wissen, wie viele Personen sich darin befanden, traten wir die Tür ein. Es waren nicht viele, nur ein paar mehr als wir. Wir bedrohten sie mit unseren Waffen und drängten alle in ein Zimmer. In den anderen Räumen öffneten wir die Fenster und setzten alles mit Benzin in Brand. Bevor sich das

Feuer entzündete, sah ich in einem öligen Schimmer das ganze Farbspektrum auf dem Boden verteilt, ein künstlicher Regenbogen. In Momenten äußerster Anspannung nimmt man die unbedeutendsten Dinge wahr, die sich dann unauslöschlich ins Gedächtnis einprägen. Wir zogen uns sofort wieder zurück, und ich sollte als Letzter unsere Flucht decken. Der Hausflur war voller Rauch, ich stand schon vor der Wohnungstür und wollte gerade verschwinden, als ich einen dumpfen Schlag gegen den Türpfosten vernahm, einen Schuss, und dann noch einen. Auch ich begann zu schießen, um mir den Weg durch den Flur zu bahnen, und warf mich in den Rauch. Ich war außer mir vor Zorn, meine maßlose Wut drohte die Aktion, die ja schon erfolgreich abgeschlossen war, durch die Schießerei zu gefährden. Denn wir wollten ja eine kontrollierte Gewalt demonstrieren, an der man sich ein Beispiel nehmen sollte.

Gerade als ich losstürmen wollte, wurde ich aus dem Gleichgewicht gebracht und zurückgehalten: Er war es, er war zurückgekommen und hatte mich gepackt, um mich wegzuziehen. Wild um mich schlagend, wollte ich mich aus seinem Griff befreien, und er schrie, dass ich damit aufhören sollte. In diesem ganzen Durcheinander von Flammen und Schüssen rangen wir miteinander und brüllten uns Befehle zu, bis plötzlich meine Wut verrauchte und einem seltsamen Gefühl Platz machte: Mir kam diese ganze Situation auf einmal völlig grotesk vor. Wundere dich nicht darüber, der Zorn und das Gefühl der Lächerlichkeit sind zwei Bereiche in mir, deren Grenze nicht klar auszumachen ist. Ich bin immer noch einer aus dem Süden, für den das Risiko, sich zu blamieren, das höchste aller Schamgefühle bedeutet. Während unserer Aktionen hatte ich keine Angst, im Kampf getötet oder gefangen genommen zu werden; aber beim Gedanken an eine Wasserpfütze, in die ich treten, ein nasses Blatt, auf dem ich ausrutschen, einen Blumentopf, der mir auf den Kopf fallen könnte, brach mir der kalte Schweiß aus – und so fürchtete ich mich vor jedem Zwischenfall, der die ganze Situation in eine Farce verwandeln könnte.«

Du hieltest inne. Das Zimmer war von Schweigen und Dampf erfüllt. Die Nacht brach herein, und draußen senkte sich rasch der Nebel herab. Jedes Geräusch war gedämpft. Du tratest ans Fenster.

»Nun, da diese Zeiten vorbei sind, glaube ich fast, dass das Lächerliche in jeder Form von Gewalt lauert. Ein Lachkrampf, der nur darauf wartet, die Nerven eines Mörders zu strapazieren. Wenn seine Strafe in nichts anderem bestünde, als dem Hohn und Spott der anderen ausgesetzt zu werden, dem schallenden, brüllenden, wiehernden Gelächter, dann würde sich ein Mann nicht zum Morden hergeben.«

Die Stille nach diesen Worten war nur von kurzer Dauer. Drüben im Hühnerstall brach auf einmal das Gegacker der Perlhühner los, die alle zusammen das Ende des Tages verkündeten. Das trockene, knatternde Geräusch, abgemildert vom Nebel, erschien uns wie ein langes, mechanisches Lachen, unmäßig und frenetisch. Beide empfanden wir das so. Du bist zusammengezuckt, und ich habe dir gesagt, dass die Geräusche vom Stall kämen. Die Küche dampfte in der Dunkelheit, und die Flamme im Kamin wurde kräftiger. Du hast dich mir zugewendet, das Gesicht von dem flackernden Feuerschein erhellt. Die Falten an den Augenwinkeln wurden sichtbar, und der vorgestreckte Unterkiefer warf Schatten auf deine Wangen. Du hast dich im Zimmer umgeblickt, als würdest du jemanden in einer Menschenmenge suchen.

Als das Gezeter aus dem Hühnerstall aufhörte, waren deine Augen voller Tränen. Der Wind fauchte durch den Kamin, und ich sagte: »Der Nebel hebt sich jetzt.« Und dann hast du deine Tränen getrocknet, mit zwei Fingern, dem Daumen und dem Zeigefinger. Es war eine Gebärde, als würde man sich die Nase putzen, eine schnelle Bewegung, und mir schien, als hättest du sie schon viele Male gemacht. Dann hast du dich wieder hingesetzt.

»Damals hat er mich gerettet. Einige Zeit später gab er das Leben im Untergrund auf. Das hatte vor ihm noch niemand getan. Die anderen verlangten von mir, ihn zu töten, und ich verbürgte mich für ihn: Er würde uns nicht verraten. Sie hatten mein Wort, und das genügte ihnen. Er aber begann, Drogen zu nehmen, wurde süchtig. Eines Morgens wurde ich in ein Bahnhofscafé bestellt, wo mir erneut jene Forderung gestellt wurde, aber diesmal sehr viel dringlicher. Die anderen sahen sich in Gefahr, denn mein Freund wusste zu viel. Ich hatte für ihn gebürgt, und deshalb musste ich diesen Auftrag nun erledigen.

Wenn ich an jenen Tag zurückdenke, dann sehe ich mich einem anderen Mann gegenübersitzen; wir hatten beide denselben Regenmantel an und ließen unseren Cappuccino kalt werden. Eine Anspannung, die wir beide kannten, hatte auf unseren Gesichtszügen dieselben Augenringe und Falten hinterlassen. Die gleichen Schreie hatten unsere Münder und Stimmen geformt, und wir hatten beide die gleichen Bücher gelesen. Auch unsere Bewegungen ähnelten sich. Unsere Gesichter waren hinter der gleichen Maske versteckt, und der unsichtbare Schützengraben, der uns stets umgab, hatte uns längst seine Uniform übergezogen. Und gerade beschlossen wir, einen Mann zu töten, der dies alles abgestreift und hinter sich gelassen hatte. Als ich mich selbst in meinem Gegenüber wie in einem Spiegel sah, empfand ich Ekel, jawohl, Ekel, diesen letzten Wink der Sinne, man möge endlich begreifen. Für mich war in diesem Augenblick jener Krieg vorbei. Ich würde noch den einen Auftrag erledigen und dann verschwinden, und ich würde mich weder von ihm noch von den anderen verfolgen lassen.

Mit wenigen Leuten fängt man an, findet sich dann in der Masse wieder, und schließlich zerbrechen manche Menschen daran, und man wird zu ihrem Aufpasser, denn das eigene Leben ist auch in ihrer Hand. Ich konnte den drogenabhängigen Freund nicht abdriften lassen. Noch einmal dachte ich an unsere gemeinsame Zeit: Sehnsucht und Bangen, wortloses Verständnis, Intuition, Glück und Seufzer der Erleichterung. Ich hatte auch sein Leben auf mich geladen, und ich löschte es aus.«

Warum erinnere ich mich, warum erinnere ich mich denn nur an das alles? Ich war damals völlig erstarrt, überhaupt nicht in der Lage, dir richtig zuzuhören – wie kann ich mich also erinnern? Ich las, während du erzähltest. Ich las die Krümel auf der Tischdecke, die Weinspritzer, die Tropfen in den Gläsern, deine ineinander verschränkten Finger. Vielleicht waren diese Zeichen dieselben Worte, die du sprachst, vielleicht war das eine simultane Stenografie, die sich auf die Fragmente der Dinge übertrug? Ich werde es nicht mehr erfahren. Aber jetzt bleiben mir nur die Worte und auch die Müdigkeit, welche die Qual etwas abmildert. Das Haus hatte deine Stimme in seine poröse Stille aufgenommen. Und nun gibt das Haus sie wieder zurück.

»Schließlich traf ich ihn. Wir hatten uns monatelang nicht gesehen, und er hatte sich verändert. Sein Gesicht war schmal geworden, und kein Muskelzucken deutete ein Lächeln an. Die Stimme klang härter und lauter, weil er schlechter hörte. Oft berührte er seinen Ellbogen. Ich schlug ihm vor, ein paar Tage zusammen zu verbringen; es war November, und wir könnten in eines der Städtchen am Meer fahren, die außerhalb der Saison ganz menschenleer sind. Wir hätten unsere Ruhe, und ich wollte von der Zukunft sprechen, denn auch für mich ging dieser Krieg zu Ende, ich würde einen Schlussstrich ziehen. All diese Dinge sagte ich zu ihm, und ich meinte sie auch so. Natürlich wusste ich auch, dass sich unter meinen Worten eine Falltür verbarg, aber das war noch weit weg, und wir hatten noch ein Treffen vor uns. Der Vorschlag gefiel ihm, und so versuchte ich, einen festen Zeitpunkt auszumachen. Meine Art, einen Beschluss zu fassen und die Einzelheiten eines Planes zu besprechen, verursachte ihm Übelkeit; ich konnte es von seinem Gesicht ablesen. Ihm wurde übel, weil ich mich immer noch gleich anhörte; er konnte es nicht verbergen, es stand ihm ins Gesicht geschrieben, und seine Miene hatte keine Abwehr, keine Selbstbeherrschung mehr. Mir kamen Zweifel, ob diese Übelkeit nicht eine Form von Erkenntnis war. Aber trotzdem wollte ich eine Abmachung treffen. Er willigte ein, bat sich aber bis zu unserer Abreise noch ein paar Tage aus.

Von dem Augenblick an, als wir uns wie verabredet trafen, wurde ich sein Bewacher. Es war in den Abendstunden, er hatte nur wenig Gepäck dabei. Wir fuhren zu einem Ferienhaus am Meer, das man mir zur Verfügung gestellt hatte. Wir bezogen die Betten und schalteten die Heizung ein, um die Feuchtigkeit zu vertreiben. Bei diesen Vorbereitungen kam sogar ein wenig Freude auf. Er stellte keine Fragen, sondern schaute sich nur diskret um, wie er das auch sonst immer bei unseren gemeinsamen Aktionen getan hatte. An seinem Mundwinkel trat eine blaue Vene stark hervor, seine Magerkeit hatte sie an die Oberfläche gebracht.

Mit dem Meeresrauschen hinter dem Fenster schliefen wir ein, diesem wohlklingenden Wiegenlied aus den Sommernächten meiner Kindheit. Der Salzgeschmack setzte sich in den Haaren und Kleidern fest. Der Mistral wühlte das Meer auf, man konnte nicht mit dem Boot hinausfahren. Vom Balkon aus blickte ich auf die hohen Novemberwellen: Wohin sollte ich gehen, wie die Flucht aus diesem Krieg ergreifen? Zuerst nach Frankreich und dann, wenn man mir auf die Spur käme, weg aus Europa. Darüber sprach ich manchmal mit ihm, manchmal mit mir selbst. Bevor ich endgültig gehe, sagte ich zu ihm, möchte ich ein letztes Mal nach Ischia zurück.

›Warum willst du aufhören?‹, unterbrach er mich.

›Kennst du Ischia?‹

›Nein. Warum willst du aufhören?‹

›Weil wir verloren haben, und das ist die Antwort eines Soldaten, der seine Uniform wegwirft. Dafür verdiene ich, erschossen zu werden; aber ich werde versuchen, dem zu entgehen. Ich höre auf, weil mir der Beweis nicht gelungen ist, ein besserer Mensch zu sein, besser als früher, bevor ich damit angefangen habe. Ich bin schlechter geworden. Es ekelt mich an, genau wie all die anderen zu sein, mit dem gleichen Gesichtsausdruck und den gleichen Gebärden. Mein Zorn hat sich in Abscheu verwandelt; dies widerfährt allen Besiegten. Ich will nicht mehr daran teilhaben, weder Ansprüche noch Erinnerungen behalten. Und du, warum hast du aufgehört?‹

›Ich habe aufgehört zu leben. Ich gehe vor die Hunde, bei jedem Schuss ein Stück mehr. Es macht mir nicht einmal Spaß, wenn ich drücke. Mir gefällt nur der Gedanke daran.‹

›Wie bekommst du es?‹

›Meine Angelegenheit.‹

›Dealst du?‹

›Ja.‹

Wir wechselten kurze Sätze, saßen nebeneinander und sahen zu, wie die Gischt der Wellen am Ufer zerstob. Nach dem Mittagessen legte ich mich noch einmal hin. Als ich aufwachte, suchte ich nicht nach ihm. Ich blieb im Bett und blickte aufs Meer, das sich langsam beruhigte. Er war fort, hatte mir einen Zettel hinterlassen, mit Sätzen wie: ›Mir ist alles egal, lass es mich zu Ende bringen.‹ Ich fuhr zur Bushaltestelle, dann zum Bahnhof Er war auf dem Bahnsteig, der Zug hatte Verspätung. Er stand ganz hinten, und als er mich sah, kam er mir entgegen, ohne ein Wort zu sagen. Im Wagen zerriss er die Fahrkarte in winzige Fetzen und ließ sie zum Fenster hinausflattern.

Bei Sonnenuntergang waren wir auf der Terrasse und sahen zu, wie das flammende Rot durch die Wolken brach. Er sagte, dass das Licht in Schwärmen von allen Seiten des Himmels auf die Sonne zulaufe. Er sagte, dass in diesem Moment die Sonne ihre Strahlen nicht aussende, sondern sie zu sich rufe. Ein Lichtstrom, der über den Himmel zieht und im Schlund des Untergangs versinkt.

Nach dem Abendessen ging er in den Garten hinaus. Die Nacht war sehr klar, man konnte die ewigen Lichter der entferntesten Sternenwolken sehen. ›Heute Abend fehlt eine Frau‹, sagte er, als er wieder hereinkam, ›eine, die uns von hinten die Hand auf den Arm legt, während wir der Meinung sind, alleine zu sein.‹ Auf diese Art von Vertraulichkeit wollte ich mich nicht einlassen, denn ich habe noch nie gerne über Frauen geredet. Er presste die Hand auf seinen Ellbogen. Ich vermutete, dass er die Finger auf die Stelle legte, wo er immer seinen Arm abband; ich vermutete, dass eine Vene angeschwollen war.«

Weder Schmerz noch Erleichterung lagen in deiner bedächtigen Stimme. Du warst gekommen, um das Böse zu erzählen – nicht, um dich zu erleichtern, sondern um es auch mir aufzubürden. Du hast es ausgesprochen, und das genügte, um es auf dich zu nehmen, es zu ertragen. Du hast es ausgesprochen, und ich, dein erstarrter Freund, sah um mich herum Worte geschrieben, verstand die deinen aber nicht. Am heutigen Abend befinde auch ich mich in solch einem Strom, wie ihn dein Freund beim Sonnenuntergang wahrgenommen hatte. Ich fühle mich zu einem sinkenden Punkt hingezogen.

Dann erzähltest du weiter. Ich sah die Heuchelei in deinem Verhalten, als du einen anderen bewachtest – aber jeder Mensch und jedes Tier ahnt den nahenden Tod. Auf dem Land habe ich oft gesehen, wie Tiere getötet wurden. Viele Menschen üben beim Akt des Zuschlagens eine Gewalt aus, die maßlos scheint, übertrieben. Als hätten sie Angst, es nicht zu Ende zu bringen, auch wenn sie schon viel Erfahrung darin haben. Eine alte Bauersfrau dagegen besitzt eine geradezu sanfte Genauigkeit, wenn sie mit einer Drehung des Handgelenks einem Kaninchen das Genick bricht. Sie führt die Bewegung nicht nur mit der geringsten Anstrengung aus, nicht nur – wie du es nanntest – mit Stil, sondern mit einer unbeschreiblichen Gebärde, in der sehr viel mehr lag. Es war Erbarmen, diese uralte Kraft, doch Mitleid war es nicht. Erbarmen: der Schweiß, die Scham und die Würde einer Frau, die Kinder in die Welt setzt und sie dann, wie auch die Tiere, beherrscht. Sie opferte ihre Kaninchen, und ihr faltiges Gesicht verzog keine Miene. Du sprachst zu deinem Freund, und dieser Mann hörte dir zu und hielt sich dabei den Arm, den nie wieder eine Frau überraschend im Garten berühren würde. Das Erbarmen, das ich bei jener alten

Frau gesehen habe, verbarg und beschwichtigte nichts. Dieses Erbarmen war dir fremd.

Als ich Essig über den Salat träufelte, tropfte etwas davon auf meine Finger. Ich schloss die Augen und schnüffelte daran.

»Ich sah ihn stürzen, ohne dass er auch nur eine einzige abwehrende Geste machte, als hätte er sich schon bereitgehalten.

An jenem Morgen fuhr ich mit einem Ruck aus dem Schlaf hoch. Er stand am Fenster. Helles Licht strömte ins Zimmer, und sein Körper befand sich zwischen dem Fenster und meinem Bett. Sein Schatten hatte mich geweckt. Ich schirmte mit der Hand meine Augen ab und sagte: ›Hier bin ich.‹

›Aber ich habe dich nicht gerufen‹, antwortete er.

An diesem Tag konnte man endlich mit dem Boot hinausfahren. Wir steuerten aufs offene Meer. Es war völlig windstill, und wir wurden von einem sanften Dunstschleier eingehüllt. Nach einer halben Stunde zügiger Fahrt hielten wir an und stellten den Motor ab.

Wir hantierten mit Angelhaken, Senkbleien, Ködern und ließen dann die Schnüre ins Wasser; er am Heck und ich am Bug. Leichte Wellen umspülten die Bootswände. Eine Zeit lang geschah überhaupt nichts. Wir hatten keinen Anker, bewegten uns aber dennoch nicht, da an dieser Stelle keine Strömung herrschte. Ich verspürte einen starken Ruck, der aus der Tiefe des Meeres kam, und holte rasch die Angelschnur ein. Aus dem Dunkel tauchten zwei Lichtreflexe auf, zwei auf einen Streich, und ich zog sie an Deck.

Zwei schimmernde, glänzende Fische zuckten auf den Holzplanken des Bootes hin und her. Ich blickte zu ihm hinüber: Er starrte auf den Fang, als würde er zwei Eindringlinge mustern. Er sprach kein Wort. Ich entfernte den Angelhaken aus den verletzten Mäulern und warf die Fische zurück ins Meer. Sie sanken schnell nach unten, aber bei dem einen blähte sich die Schwimmblase auf, und er stieg wieder an die Oberfläche, mit dem Bauch nach oben schnappte er sterbend nach Luft. Es war um die Mittagszeit. Wir holten die Angelschnüre ein und aßen eine Kleinigkeit. Dazu tranken wir den beinahe schon zu warmen Rotwein, und für ihn gab es auch Kaffee, den ich mit einem Schlafmittel versetzt hatte. Das war das Einzige, was ich vorbereitet hatte; sein Blick sollte sich vernebeln, wenn ich aufstehen und über das Boot zu ihm hingehen würde.

Ich sah auf das Meer, das unter uns leise dahinplätscherte. Die Küste verschwamm im hellen, dunstigen Tageslicht. Alle Geräusche waren gedämpft, ein Schuss hätte sich lediglich wie ein platzender Luftballon angehört. Er fragte, ob ich etwas für seinen Magen hätte, ihm war übel geworden. Dann gähnte er. Es wäre nicht die Seekrankheit, meinte er, daran hätte er noch nie gelitten. Er gähnte noch einmal, und dann stöhnte er laut auf. Mit schmerzverzerrtem Gesicht legte er sich auf die Seite und schloss die Augen. Durch den offenen Mund versuchte er Luft zu bekommen. Ich ging über das Boot, legte ihm ein Kissen auf den Kopf und setzte den Lauf der Pistole an. Und da griff er mit einer Hand nach einem Zipfel des Kissens und schlang es noch fester um sich, als würde er sich in eine Bettdecke einhüllen. Der

Schuss war nicht lauter, als würde man eine Flasche entkorken, denn die dunstige, dichte Luft schluckte den Knall. Es trat nicht sehr viel Blut aus, sein Atem wurde schwer und röchelnd, der Kopf schien im Hals zu versinken, und die Schultern hoben sich, um ihn aufzunehmen und vor weiteren Schüssen zu bewahren. Doch ich hätte ohnehin keine mehr abgefeuert, zwischen ihm und mir sollte es nur diesen einen geben. Hastig befestigte ich einen Anker an seinem Gürtel, damit er nicht wieder nach oben getrieben wurde. Ich schwitzte, und mein Freund starb über der Wasseroberfläche. Ich wartete, bis er starb. Still blieb ich neben ihm sitzen, ich hatte bereits den Ballast angebracht und seine Taschen geleert, damit kein Stückchen mehr seine Identität verraten konnte. Endlich ließ ein Schauder das Boot erbeben, der so stark war, dass die Rudergabeln wie Schellen klingelten. Mir kam unvermittelt die Glocke in den Sinn, die in der Schule immer das Ende einer Stunde angekündigt hatte. Ich hievte ihn über Bord. Zuerst trieb er auf dem Wasser, und seine Kleider sogen sich voll, dann ließ ich den Anker, der mit einer Kette an seiner Taille befestigt war, ins Wasser. Er tauchte mit dem Gesicht nach unten ab, mit ausgebreiteten Armen, also in der Körperhaltung, die dem Fall den größten Widerstand entgegensetzt. In seinem Leben hatte er sich nie verteidigt.

Bei der Rückfahrt warf ich alles ins Meer. Schuhe, Kissen, Geld, Brieftasche – ich traf alle erdenklichen Vorkehrungen. Der Tag war immer noch ganz still.

Zurück in der Stadt, nahm ich mein weniges Gepäck und fuhr nach Frankreich. Für mich war jener Krieg nun beendet. Ich ließ die Waffen dort, wo sie die anderen, die immer noch kämpfen wollten, finden konnten.

Ich ging fort, ohne dass ich ihre Zweifel ausgeräumt hatte, wir wären womöglich zusammen geflüchtet. Vielleicht ist das ja wirklich so gewesen, vielleicht habe ich jenes Leben mitgenommen und trage es nun auf den Schultern, halb wie einen Papagei, halb wie einen Schutzengel.«

Ich hatte das Gesicht in meinen Händen vergraben und konnte den Essig an den Fingern riechen. Die Stille im Haus war vollkommen, und die Mauern empfingen deine Worte, ich jedoch nicht. Ich verzweifelte an mir, denn ich war unfähig, Stimmen in mir aufzunehmen und den Freunden beizustehen. Von deiner ganzen Erzählung wiederholte sich in meinem Kopf immer und immer wieder nur die Geste deines Freundes, der einen Zipfel des Todes ergriffen und ihn noch stärker an sich gezogen hatte.

Du warst am Ende deiner Erzählung angelangt, bist vom Tisch aufgestanden, hast angefangen, die Teller zu spülen und die vor dem Kamin ausgebreiteten und inzwischen wieder trockenen Kleider einzusammeln.

Dann hast du das Fenster geöffnet, und die frische, regenfeuchte Luft strömte herein. Wir sogen sie ein, füllten unsere Lungen damit, und sie war Medizin für unseren erstickten Atem der letzten Stunden. Von den Holzfensterläden tropfte Wasser auf den aufgeweichten Erdboden, ein unregelmäßiges Ticken. Wir hörten eine Weile zu. An diesem Abend sprachen wir nicht mehr. Wir reichten uns die Hand und sagten uns gute Nacht.

Ich blieb wach und lauschte deinem Schlaf. Von meinem Zimmer aus konnte ich hören, wenn du einen tieferen Atemzug machtest. Draußen fuhr der Wind durch die Pappeln, in seinen Böen hoben sich die Blätter und raschelten. Und so dachte ich, dass ihr beide Teil von demselben Atem wäret, nämlich dem Atem des Hauses: Du zogst die Luft tief in deine Lungen ein, und der Wind blies sie draußen zwischen den Bäumen wieder hinaus. Die Bäume habe ich um das Haus herum gepflanzt, habe tiefe Löcher ausgehoben und die Wurzeln gut eingegraben. Die Pappeln ringsherum sind ordentlich gewachsen, sie halten den Wind ab, füllen sich damit. Du atmetest ganz ruhig, die Toten verfolgten dich nicht bis in den Schlaf. Ich dagegen konnte keine Ruhe finden und ging schließlich ins Freie hinaus. Ich lief um das Hühnergehege, wanderte zwischen den Kaninchenställen herum. Die Enten schnatterten leise an dem kleinen Teich, den ich für sie angelegt hatte. Alles war wie immer, alles befand sich an seinem Platz. Das Böse, dessen Zeuge ich geworden war, hatte keine Spuren hinterlassen, es schmerzte die Welt nicht, es war ganz normal. Dieser Gedanke, entstanden bei den nächtlichen Schritten und in der Stille der Landschaft, setzte sich hier nicht weiter fort. Ich konnte damals nicht weiterdenken. Der Hund, der mich kommen hörte, trommelte mit dem Schwanz auf den Holzboden seiner Hütte. Die Erde hatte den Regen aufgesogen, nur noch wenige Pfützen zeugten von dem ausgiebigen Gewitter. Ich schauderte in der schon schneidenden Kälte, Weihnachten lag in der Luft, und noch viel Brennholz war zu machen.

Hoch über mir sah ich die altvertrauten Sternbilder: den Luchs, den Kleinen Hund, den Stier, den Schwan, den Drachen – diesen ganzen fantastischen Himmelszoo. Wo die Astronomen die Umrisse von Tieren erkannten, indem sie die Sterne durch imaginäre Linien miteinander verbanden, las ich die Buchstaben des hebräischen Alphabets. Der Große Wagen war das *vav*, Orion war das *alef* und Kassiopeia das *nun*, und alle drei zusammen bildeten den Stamm des Verbs *annullieren*. Ich liebte die Alphabete, denn sie waren der Rohstoff für die unerschöpfliche und allgegenwärtige Entstehung von Worten. Der Himmel wendete sich wie eine Buchseite, und neue Buchstaben stiegen an die Plätze der bereits gelesenen. Dies hat mir etliche glückliche Nächte beschert und etliche Male ein steifes Genick. Ich ging wieder ins Haus und schmiedete Pläne für den nächsten Tag.

Dein Zimmer zeigte nach Osten, und die Sonne weckte dich früh. Du hast dich daran erinnert, dass vor dem Fenster früher eine Mimose stand. »Sie ist im Frühjahr umgestürzt«, sagte ich, »an einem sehr stürmischen Tag.« Sie hatte bereits eine schöne Krone mit vielen Blütenständen entwickelt, und der Schatten, den sie auf die Erde warf, hatte die Form einer Wolke. Sie behütete das Zimmer, in dem Papa starb, und das später das Zimmer für die Freunde wurde. »Es ist jetzt viel heller«, sagtest du. Ich aber dachte, als ich den gestürzten Baum zersägte: Jetzt gibt es keinen Schutz mehr.

Gerade war ich vom Füttern der Tiere zurückgekommen und hatte auch die frischen Eier eingesammelt. Du hast mit schnellen Schlucken zwei Dotter geschlürft und dann gelächelt. Am Nachmittag wolltest du abreisen, und so gingen wir gleich nach draußen, um die unterbrochene Arbeit zu beenden. Die strahlende Morgensonne hatte die dunklen Stunden des vorigen Tages ausgelöscht. Nur die liegen gebliebene Arbeit erinnerte mich noch an eine Erzählung, an ein Gewitter. Wir arbeiteten weiter, und ich sah immer wieder zu dir hinüber. Deine Stirn, über die zwei parallele Linien liefen, war ansonsten glatt und unbeschrieben. Ganz allmählich vertieftest du dich in die Arbeit, deine Augenbrauen zogen sich zusammen und bildeten über der Nasenwurzel ein »u«, das in der Mitte von einer senkrechten Furche zerschnitten wurde. Ich erkannte das Psi, den dreiundzwanzigsten Buchstaben des griechischen Alphabets, den armseligsten des ganzen Wortschatzes. Als ich beim Mittagessen erneut deine Gesichtszüge betrachtete, hatte sich die Stirn wieder geglättet, und der Buchstabe war verschwunden.

Du hast gehustet, dir die Hand vor den Mund gehalten und dann auf deine Handfläche geschaut. Eine reflexartige Bewegung, wenn man eine Lungenentzündung hinter sich hat.

»Es hat in Frankreich angefangen, auf der Baustelle, wo wir die Tribüne eines alten Stadions abbrachen. Wir arbeiteten mit der Abrissbirne und dem Presslufthammer. Der Tag verging unter diesen ohrenbetäubenden Schlägen, die erst dann aufhörten, wenn man den bei der Arbeit entstandenen Schutt wegschaufelte. In der Mittagspause aß ich Rosinenbrot, legte mich auf den Rücken und schaute in Frankreichs Wolken. Sie kamen vom Atlantik und waren sehr schön. Mit ihrer Fahrt über den Himmel und ihren weißen Kämmen ähnelten sie sogar ein bisschen den Wellen. Damals hustete ich zum ersten Mal blutigen Schleim. Rot und kompakt blieb er an dem Mauerstück hängen, an dem ich gerade arbeitete. Ein schöner bunter Klecks auf dem grauen Untergrund. Ich wusste gleich, was es war, denn schon seit geraumer Zeit musste ich auch nachts husten. Ich setzte den Presslufthammer an und zertrümmerte die Mauer. Nach dem Kampf, dem Rückzug und der Heimkehr nach Italien habe ich den Husten auskuriert. Ich war in einer Klinik in den Alpen. Dort habe ich mich oft mit einem Jesuiten unterhalten, der jeden Sonntag heraufkam, um die Messe zu lesen. Ich habe keinen Glauben, aber schon immer bewunderte ich Menschen, welche die Gelübde ihrer Jugend eingehalten haben. An diese Menschen, an ihre Lebenswege habe ich geglaubt. Wir machten lange Spaziergänge im Herbst, dann im Winter und schließlich im Frühling. Acht Monate lang blieb ich dort oben. An Ostern gab es viel Schnee. Ich hörte ihm zu, und von Zeit zu Zeit hielt er inne und lächelte mit geschlossenen Augen. Ich erzählte ihm von meinen Erlebnissen als Arbeiter. Einmal meinte er, dass es seinem Herrn gefallen hatte, mir – und da nannte er mich beim Vornamen – besondere Begabungen zu schenken. Bei diesem unbeabsichtigten Fluch schüttelte es mich, aber ich reagierte nicht. Er wiederholte noch öfter diesen Satz, und ich entgegnete nichts. In seiner sanften Stimme lag eine unverwundbare Gewissheit. Ich wurde gesund, meine Spucke war wieder weiß und befleckte den frischen Schnee nicht mehr.

Ich fragte ihn, ob uns auf Erden ein wenig von jener Gerechtigkeit widerfahre, die wir uns im Himmel erwarten. Er erwiderte, dass sich diese Gerechtigkeit in unserer Zeit nur in schwer verständlichen Zeichen äußert. ›Sieh mal‹, sagte er, ›der Herr lässt eine kleine Schneelawine von einem Baum auf den Kopf eines Missetäters fallen, und das ist schon das Schlimmste, was ihm zustößt. Einem aufrechten Mann dagegen nimmt er das Augenlicht und lässt ihn den Rest seiner Tage im Dunkeln tappen. Jene kleine Lawine ist nur eine leichte Strafe, aber hinter dieser Verhöhnung verbirgt sich eine unmissverständliche Warnung. Dem erblindeten Mann jedoch wird tief in seinem Innersten zu erkennen gegeben, dass er eine sehr mühselige Aufgabe zu meistern hat, und deshalb wird ihm die Gnade einer immensen Kraft zuteil, um diese Aufgabe zu bewältigen. Die Welt beruht auf der Geduld des Herrn. Der Missetäter wird kaum gewarnt, denn er befindet sich nicht im Zentrum seiner Sorge und Obhut. Der Sünder glaubt, ungestraft davonzukommen, vielleicht sogar ein schönes Leben zu führen, und genau das ist der Schleier, der ihm den rechten Weg verhüllt. Für ihn wird einmal eine eisige Nacht kommen, dann werden ihm alle Türen versperrt sein, und das ganze Universum wird ihm wie aus Stein erscheinen.‹ Heute denke ich gerührt an seine Stimme, die mich in jenem Moment zutiefst irritierte. Ich weiß, dass ich ihm glaubte. Ich lief durch die Wälder, und kein Ast lud über mir seine Schneelast ab. Ich stolperte weder ungeschickt auf dem Kopfsteinpflaster, noch rutschte ich auf dem Glatteis aus. Jahrelang habe ich darauf gewartet, dass mich ein Zeichen des Spottes rufen würde.

Ich habe niemals einen anderen Menschen kennengelernt, der so zu mir gesprochen hätte. Heute glaube ich, dass mir damals Liebe geschenkt wurde. Und ich glaube, dass ich sie angenommen habe.«

Mit gesenktem Kopf hattest du dem Priester zugehört, und in der gleichen Haltung erzähltest du mir davon. Du hattest bereits den Krieg aufgegeben. Und du spürtest, dass dieser Mann Bescheid wusste, denn die Liebe sieht und schweigt, auch wenn gesprochen wird. Nur der, der diese Liebe empfängt, kann den zweiten, parallelen Erzählfaden erkennen, der eine Zeile unterhalb von der Wahrheit verläuft und diese nicht anrühren und entfesseln, sondern nur begleiten will. So bist du der Liebe begegnet. Ich benutze das Wort »Liebe« nur mit meiner Fantasie, denn ich bin ihr noch nicht begegnet. Ich verstand, dass nicht der Liebende die Liebe erfährt, sondern der Geliebte; denn dieser lässt es zu, sich in den Augen eines anderen Menschen zu verändern. Von dir erfuhr ich etwas über die Liebe. Nicht die Liebe, die man verspürt, sondern die Liebe des anderen, die uns auf die Probe stellt.

An jenem Tag bist du abgereist, dein Besuch war beendet. Du bist noch andere Male zu mir gekommen, hast andere Arbeitsstellen angenommen, bei denen du wie immer der Letzte warst, der Feierabend machte. »Wenn man mich nicht wegen irgendeiner Unstimmigkeit fortschickt, gehe ich normalerweise von selbst. Stellt man mir einen Aufstieg in Aussicht, dann ist das ein Zeichen dafür, dass ich kein Fremder mehr bin, dass sie mich akzeptieren und dass ich mich zugehörig fühlen soll. Ein solches Angebot bedeutet für mich dann immer den Schlussstrich, weiter gehe ich nicht und reiche meine Kündigung ein. Ich arbeite gewissenhaft, aber zur Treue eigne ich mich nicht. Ich halte mich aus allem heraus, ich wähle nicht, ich spare nicht, ich fülle keine Kärtchen aus. Wenn ich Urlaub nehme, dann kehre ich zu den Orten meiner Kindheit zurück, zu den Küsten, wo ich geschwommen und gerudert bin und die ich bis in den letzten Winkel kenne. Auch heute noch hin ich jedes Mal bewegt, wenn ich die Stellen wieder sehe, die sich meiner Erinnerung eingeprägt haben; so wie es mich immer bewegte, wenn mein Vater aus dem Stapel der Reproduktionen Abbildungen herauszog, die ich kannte.«

Über diesen einen Besuch und über diese eine Geschichte sprachen wir nie wieder. Im Feuerschein tauchen die letzten Erinnerungen an deine Stimme wieder auf, die müde und rostig geworden war. Deine Haare waren grau, die Zähne schadhaft – ich habe kein anderes Bild mehr von dir. Ich hatte dir angeboten, bei mir zu bleiben, eine Zeit lang zu verweilen. Das wolltest du nicht, denn es war nicht deine Art, so dein Leben zu beschließen. Es war nicht deine Art, Hilfe anzunehmen. Du warst arm, wahrscheinlich hattest du nicht genügend zu essen, und ich wusste nicht, wo du die Nächte verbrachtest. Du sprachst über andere Dinge, hast Details aus deinem beschwerlichen Arbeitsleben erzählt.

»Ich sah den Tag anbrechen oder zu Ende gehen und war immer schon bei der Arbeit. Hinter den Blechzäunen einer Baustelle sah ich das wechselnde Licht, es schien durch die milchigen Fenster einer Fabrik, wenn ich von der Nachtschicht kam oder vor der Morgendämmerung anfing. Ich achtete nicht besonders darauf, diese blassen Farben waren für mich nur bedeutungslose Schatten, ein Tag nach dem anderen purzelte dahin, wie beim Gänsemarsch der Blinden in einem Bilderbuch aus meiner Kindheit. Die Tage leisteten kaum Widerstand, bevor sie in das dunkle Loch des Schlafes versanken. Ich bemühte mich, Mitleid mit meinem Körper zu haben, aber es gelang mir nicht. Jedes Mitgefühl mit ihm war ein Vertrauensbruch. Mein Körper war für mich ein unterjochtes Tier. Meinen Beanspruchungen setzte er eine grenzenlose Geduld entgegen, er beugte sich an jedem Tag, den ich ihm abverlangte. Ich kann nur an seiner Oberfläche bleiben, jede Bemühung, mich tiefer in ihn hineinzuversenken, verwandelt ihn und hält ihn auf Distanz. Manchmal zucke ich zusammen, wenn ich spüre, wie der Tod dort drinnen arbeitet; aber dann ist es nur mein Verstand, der erschrickt. Der Körper ist in jedem Moment bereit, sich aufzulösen, jeden Tag ist er bereit, das Leben und den Tod auf dieselbe Weise zu empfangen. Er ist älter als ich, und er gehört mir nicht einmal, ich bin nur einer seiner letzten Gäste. Ich schäme mich nicht, wie ich ihn behandelt habe, und ich schäme mich nicht dafür, was ich getan habe.«

Wie willst du denn nur weiterleben, müde, wie du bist? Wie willst du denn nur sterben? Das fragte ich dich und versuchte ein letztes Mal, dich zurückzuhalten.

»In einer sehr kalten Winternacht werde ich im Freien schlafen. Wenn ich nicht mehr die Kraft habe, meinen Lebensunterhalt zu verdienen. Sehr bald.«

An einem Wintermorgen ging ich hinaus und sah, dass der Teich zugefroren war.

Ich sitze in einer Schulbank und bearbeite eine Aufgabe. Du siehst mir über die Schulter und deutest mit dem Finger auf einen Fehler. Da drehe ich mich um und sehe dich, aber du bist kein Junge mehr, sondern schon ein alter Mann, aus Afrika zurückgekehrt, so wie damals, als wir uns beim letzten Mal an der Bushaltestelle verabschiedeten. Diese beiden Zeitpunkte markierten die Dauer unserer Freundschaft, die wir trotz der langen Pausen zwischen deinen Besuchen immer bewahrten. Mit dir kam die Fröhlichkeit, und deine Stimme war voller Gefühl. Um nicht allzu überschwänglich zu klingen, versuchtest du sie zu zügeln, aber sosehr du dich auch um Mäßigung bemühtest, sie vibrierte nur noch mehr. Es war die Stimme eines Predigers, eindringlich und schmetternd, von jener seltenen Sorte, die bewusst nicht salbungsvoll war, aber doch vor lauter Anspannung brodelte, und je mehr sie sich zurückhielt, um so stärker zog sie die Zuhörer in ihren Bann. Unter dem Schuh deines gebremsten Enthusiasmus bekam sie einen metallischen Klang. Eine Stimme, die ganze Kirchen und Plätze hätte vereinnahmen können, die aber bei dir durch ihre besondere

Natur die Menschen einzig und allein dazu bewegte, ihre Freude miteinander zu teilen. In einer lärmenden Menge von Kindern, die aus der Schule strömten, konnte man deine wohlklingende Stimme heraushören, auch wenn du selbst nicht wie die anderen herumbrülltest. Nicht immer ist es die lauteste Stimme, die man hört.

Für die lateinische Metrik hattest du eine besondere Begabung. Der Lehrer ließ dich vor der ganzen Klasse die Distichen lesen, und niemals hast du einen Akzent falsch gesetzt. Du sagtest immer, es genüge ein wenig Sinn fürs Gleichgewicht, und dann wäre es ganz einfach, über diese komplizierten Zweizeiler zu kommen. Deine Stimme sprang singend von der langen zur kurzen Silbe, so geschickt und sicher wie die Schritte eines neapolitanischen Lausbuben, der wieselflink über die Klippen am Meer klettert.

Wenn es Sommer wurde, konnten wir Kinder die vier Wochen Ferien auf Ischia kaum erwarten. Soeben in die nächste Klasse versetzt, gingen wir zum ersten Mal im Jahr zum Baden an die Küste von Neapel, die sich mit rauen, gelblichen Tuffsteinfelsen zum Meer hin absenkte, und dachten dabei an die sanften Strände der nahen Insel. Auf dem steinigen, heißen Untergrund liefst du mühelos herum, von Fels zu Fels springend, als hättest du Schuhe an. Ich dagegen folgte dir mit schmerzenden Fußsohlen und spürte bei jedem Schritt die Unebenheiten des Bodens. Meine Füße waren knochig, und die Kletterei über den Tuffstein war für mich eine Folter, die mich um Erbarmen flehen ließ, was dich wiederum erheiterte. Endlich waren die Ferien da. Wir gingen immer zusammen zum Strand, und jeden Morgen um zehn Uhr aßen wir Brot mit Olivenöl und Tomatenmus. Wenn die Fähre vorbeigefahren war, badeten wir. Deine Mutter, in ihrem blumenbedruckten Badeanzug und mit einem Strohhut auf dem Kopf, ging mit dem kleinen Kescher im Wasser an den Felsen entlang und brachte in ihrem Eimerchen lebendige Krebse, Krabben und kleine Fische zurück, deren Namen wir von den Fischern lernten.

Nachmittags im Pinienwald wurden die Schreie von uns spielenden Kindern von dem lauten Zirpen der Zikaden noch übertönt. Um fünf aßen wir ein Eis. Alles hatte eine bestimmte Uhrzeit, und wir versuchten, durch ständiges Nachfragen die Wartezeit zu verkürzen, voller Ungeduld sehnten wir all die Freuden des Tages herbei. Und alles geschah zur rechten Zeit. So vergingen die Jahre, und schließlich standen wir kurz davor, unseren weiteren Lebensweg zu wählen. Ich bin immer hier in dieser Gegend geblieben, und hätte ich nicht die Freunde gehabt, wäre mir wahrscheinlich nicht aufgefallen, dass um uns herum eine Welt existierte, die irgendetwas von uns erwartete.

An manchen Abenden auf Ischia, wenn uns erfreulicherweise eine Pizza von unserem Taschengeld genehmigt worden war und wir dann vom Dorf wieder nach Hause gingen, sahen wir über den Dächern in dem dunkelsten Himmel unseres Lebens die hellsten Sterne strahlen. Mit großen Augen blickten wir hinauf, und unsere Nasen füllten sich mit dem Duft der Sommernacht, der aus den von Oleandern gesäumten Straßen strömte. Es gab noch keine Straßenlampen, das Licht kam aus den Tiefen des Himmels und von den Booten auf dem Meer. Die Kiesel knirschten unter unseren Schritten, in den Gärten zirpten die Grillen. Uns ließ die Dunkelheit verstummen. Die Zukunft war damals eine Pflicht, und ihr fühltet euch gefordert, diese Pflicht zu erfüllen, wie auch immer diese aussehen mochte.

Ich stand oft draußen vor meinem Haus und habe in den mondlosen Himmel geschaut. Doch nie war er so dunkel und sternenübersät wie damals auf Ischia, wo wir atemlos nach oben blickten und die Asche der verglühenden Sternschnuppen in den Augen spürten.

Du erzähltest mir von den Zeichen deiner Berufung.

»Es gab eine Zeit in meiner Kindheit, in der ich mich erkannt habe. Ich kletterte gerne auf Bäume, und in unserem Garten auf Ischia stand ein großer Johannisbrotbaum. Auf ihm versteckte ich mich immer am frühen Nachmittag, machte es mir auf einem großen Ast bequem und ließ den Ansturm der Insekten über mich ergehen. Ich blieb ganz regungslos, aber nicht so starr wie ein Fels, sondern mehr wie ein Ast, der sich im Wind wiegt. Dort oben im Baum kauernd, hörte ich, wie mich jemand mir selbst vorstellte: Das bist du. Diese ungewiss bleibende Ankündigung grub sich tief in mein Gedächtnis. Und ich erinnerte mich wieder daran, als der Augenblick des zweiten Rufes gekommen war. Das war im Sommer vor unserem vorletzten Schuljahr. Es war zu der Stunde am Nachmittag, wenn wir vom Baden zurück waren und uns an einem kühlen Ort ausruhten. Ich lag im Schatten eines alten Feigenbaumes, der voller Früchte hing, und las zum ersten Mal das Evangelium nach Johannes. Gerade war ich an der Stelle, wo davon erzählt wird, wie sich der erste Kreis der Jünger bildete. Mittlerweile kenne ich sie auswendig: ›Jesus sah den Nathanael auf sich zukommen und sagte von ihm: Siehe, in Wahrheit ein Israelit, in dem kein Trug ist. Nathanael sagte zu ihm: Woher kennst du mich? Jesus antwortete und sprach zu ihm: Ehe dich Philippus rief, sah ich dich, wie du unter dem Feigenbaum warst. Nathanael erwiderte ihm: Rabbi, du bist der Sohn Gottes, du bist der König Israels. Jesus antwortete und sprach zu ihm: Weil ich dir sagte, ich sah dich unter dem Feigenbaum, glaubst du? Größeres als dies wirst du sehen.‹

Als wäre ich Nathanael, fühlte auch ich mich von Weitem betrachtet. Von diesem Moment an habe ich mich der Schar derer angeschlossen, die einen Glauben haben. Ich glaube – und das nicht, weil ich sehe, sondern weil ich gesehen werde. Es gibt ein Auge, das sich hinter den uralten Worten verbirgt und den erwartet, der sein Lid aufschlägt. Ich legte das Buch auf meine Knie und sagte laut meinen Namen. Noch nie hatte jemand so direkt zu mir gesprochen, nie wurde ich mit solcher Bestimmtheit gerufen. Erlaube mir, dass ich mir darin so sicher bin. Auch wenn die Umstände für dich nicht mehr als ein Zufall sein mögen – es gibt im Leben eines jeden Menschen Zeichen und Rufe, die keines Beweises bedürfen. Ich fühlte Begeisterung und Scham, zwei Gemütszustände, die sich oft in meinem Innersten abwechseln. Und ich musste mich vor der Anmaßung hüten, der viele Berufene und Auserwählte erliegen. Die Eitelkeit hat gar nicht so sehr viel mit dem Ziel zu tun, das für mich darin bestand, dem Ruf zu folgen und Missionar zu werden, sondern sie liegt vielmehr in den ersten Schritten dahin. Die Begeisterung darüber, berufen zu sein, wich bald der Scham, weil ich mich ihrer würdig fühlte. In jener Stunde aber hatte sich nur eine Formalität des Schicksals erfüllt, ich hatte lediglich eine Aufforderung erhalten.

Ich fühlte mich gerufen, in die Welt hinausgerufen. Ich befand mich am Ende einer Reihe von Menschen, von denen verlangt wurde, sich von der Last des Individuums zu befreien, um zur Quintessenz aller Menschen zu werden. An einem frühen Sommernachmittag im Schatten eines Feigenbaumes sprach ich einen Namen, meinen eigenen, den ich bald darauf ablegen würde. Ich ließ mich dann Pater Nathan nennen. Dort unten wurde daraus Pater Natana, was auf suaheli so viel wie ›bekennend‹ oder ›treu‹ bedeutet. Das war also die Verkündigung für mich. Ich enthüllte meinen Eltern die Absicht, die Gelübde abzulegen, und setzte ihren Einwänden nur eine stumme Beharrlichkeit entgegen. Liegen die Gründe so klar und deutlich vor Augen, ist es müßig, sie auszusprechen.«

Schon als Junge hattest du das Bedürfnis, ernst genommen zu werden. Es beleidigte dich, wenn die Erwachsenen den Jüngeren keinen Respekt entgegenbrachten, was in der damaligen Zeit völlig normal war. Du hast immer sehr gelitten, wenn du einen Fehler begangen hattest und man dir deshalb Vorwürfe machen konnte. In den Augen vieler übertriebst du es mit deiner Eigenliebe. Ich empfand das nicht so. Du fühltest dich lediglich zu schwierigen Lebensmustern hingezogen. Du hattest diesen unablässigen Eifer, der schließlich einen Menschen verwandelt und ihn seinen Idealen näher bringt. Deine frühzeitige Entschlossenheit unterschied dich zwar von deinen Mitschülern, aber sie wurde stets mit Wohlwollen betrachtet.

Du hattest dich der *Katholischen Bewegung* angeschlossen.

»Diese war erst vor Kurzem in neue Räume gezogen, die zuvor als Käselager gedient hatten. Obwohl alles neu verputzt war, hing noch lange Zeit ein intensiver Geruch in der Luft, den die Kleider sofort aufnahmen. Wenn ich dann nach Hause kam, rümpfte meine Mutter die Nase und schnupperte an mir. Wollte ich nun Seelen oder Schafe hüten? Ging ich in die Kirche oder in die Käserei? Sie neckte mich und meinte, dass ich ihr wenigstens ein Stück Käse mitbringen könnte. Zum Geburtstag schenkte ich ihr anstatt der üblichen Blumen einen Laib Provolone, und sie fragte sofort, ob ich ihn selbst gemacht hätte.«

Ich erinnere mich an deine Mutter. Sie kam immer um fünf Uhr in das Zimmer, in dem wir gemeinsam lernten, und brachte uns Tee. Ihre Erscheinung verband ich immer mit dem Duft jener Erfrischung. Dein Zimmer hingegen roch nach Tinte, denn du schriebst immer noch mit einem Füllfederhalter. Wir waren bereits in der Oberstufe, als uns der Gebrauch von Kugelschreibern erlaubt wurde, obwohl viele Lehrer diesen Fortschritt noch mit einigem Missfallen betrachteten. Doch du benutztest weiterhin deinen Füller. Auch ich empfand diese Neuerung als einen Werteverfall. Manche Sitten gewinnt man lieb und verleiht ihnen, ohne es zu ahnen, eine gewisse Würde; und wenn sie dann durch eine praktische Erfindung ersetzt werden, ist man gleichzeitig auch ärmer geworden. Es braucht seine Zeit, bis eine

Neuerung die verdächtige Beschaffenheit einer frisch gedruckten Banknote verloren hat und durch den ständigen Gebrauch ihre Authentizität erhält.

An deinem mit Büchern und Heften überhäuften Tisch lernten wir den ganzen Nachmittag. Wir machten sonst nichts, es gab ja keine andere Freizeitbeschäftigung, nicht einmal Fußball konnten wir spielen, um unsere Gliedmaßen zu lockern. Dafür war auf dem Hof oder der Straße kein Platz. Zu den vielen Mängeln unserer Stadt gesellte sich noch der fehlende Raum, die Unmöglichkeit, sich zu bewegen. Die Welt um uns war dicht, alles schon besetzt. Bei der Turnstunde in der Schule zerknitterte unsere Kleidung, erhitzt kamen wir in das Klassenzimmer zurück, sorgsam darauf bedacht, unser Äußeres wiederherzustellen, um den Lehrer nicht zu verärgern. Dein Gesicht hatte immer die Farbe eines dunkelroten Apfels angenommen, und während der ganzen folgenden Stunde sahst du völlig abgehetzt aus. Schon damals warst du wie heute; untersetzt, kräftig, sparsam mit Gesten und doch ausdrucksstark. Dein Rücken, den ich von den hinteren Bänken aus sah, war breit und biegsam, und du beugtest deinen Körper schnell und mühelos.

Dann kamen die Jahre des Priesterseminars. Wir schickten uns die ersten Briefe. Du hast im Norden studiert, und während du vor dem Fenster den Schnee sahst, dachtest du an deine Mission in einem Land, wo es immerzu heiß ist. Du schriebst: »Ich bin mittlerweile so weit, den Eskimos die Messe zu lesen. Hätte man das Seminar denn nicht nach Sizilien verlegen können?«

Ich sehe dich wieder vor mir, an dem Tag, als du mich in meiner Abgeschiedenheit besuchen kamst. Du hattest bereits die Priesterweihe empfangen und trugst in der heißen Sommersonne das bodenlange schwarze Gewand. Schon von Weitem nahmst du deinen Hut ab und liefst mir entgegen, mit einer Hand die Kutte zusammenraffend. Das breite, rote Gesicht, der kräftige Körper, der den steinigen Weg erklomm, der Hut, den du zum Gruße schwenktest, die klare Stimme, die meinen Namen rief: Ja, du brachtest das Glück. Wir umarmten uns, und so berührte ich zum ersten Mal jenen dunklen Stoff, unter dem sich die Kirchenmänner begraben. Kleidung, die nur dem Zweck dient, den Körper zu tilgen. Aber nicht so bei dir: Die starken Handgelenke, der kräftige Hals drängten hinaus, und die breiten Schultern ließen schier die Nähte des Gewandes platzen. Dein Gesicht strahlte aus all dem Schwarz hervor und ließ es beinahe schön wirken. Wie geht es dir, wie fühlst du dich, all die Fragen, ein Glas kühler Wein und dann deine Antwort: »Ich bin so weit, ich stehe kurz vor der Abreise.«

Als Geschenk hast du mir eine Bibel mitgebracht. Ich war nie gläubig, weil mir dazu immer die nötige Anfangsbegeisterung fehlte, aber dennoch habe ich oft in diesem Buch gelesen. Ich besaß das Exemplar, das mir meine Mutter hinterlassen hat. Sie hatte so oft im Neuen Testament geblättert, dass es schon ganz zerschlissen war. Ich las deshalb lieber das Alte Testament, weil es in Mutters Bibel der besser erhaltene Teil war. Meine Finger sind so viele Male an den Zeilen entlanggefahren, dass sie diese beinahe ausradiert haben und nur noch wenige verblasste Buchstaben zu sehen sind. Oft habe ich mit Wehmut darüber nachgedacht, wie viele Generationen sich dieses Buch weitergegeben haben und darin immer ein bisschen weniger lesen konnten. Es war wirklich so, als ob ein einziger Finger in einem einzigen Exemplar gelesen und dabei ganz langsam die Zeilen ausradiert hätte. Zahllose Berührungen: Dann ist die Summe vieler Zärtlichkeiten die Auslöschung. Aber bevor das tatsächlich geschieht, erscheint eine gewissenhafte Generation, die versucht, jene abgenutzten, kostbaren Buchstaben wieder sichtbar zu machen. An vielen Stellen ist die Rekonstruktion wohl nur mit viel Fantasie möglich. Die größtmögliche Treue, mit der die Wiederherstellung des Irreparablen versucht wird, gerät jedoch nicht selten selbst zur Fälschung. Heute Nacht stimmt mich dieser Gedanke nicht traurig, ich fürchte jetzt nicht mehr den Untergang des Originals. Denn nun habe ich erkannt, dass dieses Buch einen Ursprung hat, der über unsere Blindheit hinweg das Werk immer wieder neu schreibt. Und so ist der Verlust mit dem Gewinn verbunden; zum Ausgleich erblühen die verschwundenen Lettern an irgendeinem anderen Ort. Dasselbe geschieht auch mit unserem Leben – da ist ein Finger, der über ein Blatt Papier streicht, es langsam aufreibt, und im Halbschlaf glauben wir, es sei unser Atem. Wir sind diese verblassende Schrift; das Leben jedoch, von dem jeder mit Stolz behauptet hat: »Es gehört mir«, ist das Blatt, das länger besteht als wir, wieder weiß und leer wird. Und es gehört niemandem.

Ich zeigte dir, was es bei mir auf dem Land Neues gab. Wir spazierten durch die vor Kurzem gepflanzten Obstbäume.

Der Birnbaum und der Kirschbaum waren mit schneeweißen, duftlosen Blüten übersät. Du stelltest viele Fragen, um Kenntnisse zu erwerben, die dir vielleicht einmal nützlich sein könnten. Du würdest als Missionar nach Ostafrika gehen, in eines der Länder, die noch nicht lange unabhängig waren. Mehr als zwanzig Jahre lang bist du dort geblieben. Im Atlas zeigtest du mir das Gebiet, in das du kommen würdest, kurz unterhalb des Äquators. »Dort wird immer Sommer sein«, sagte ich zu dir, »wie auf Ischia.«

Dort unten gab es keine Feigenbäume, und das Meer war weit entfernt. In den ersten Briefen beschriebst du die Luft, die nicht so dunstig war wie am Mittelmeer. Selbst zur Mittagszeit, wenn du zu einem Baumwipfel hinaufsahst, war der Himmel ganz klar und hatte nichts mit der sengenden Hitze zu tun, die unten auf der Erde herrschte.

»Ich wollte den Ozean sehen und fuhr an die Küste. Dort kreisen Raben ohne einen Flügelschlag in der Luft. Wer unser Meer kennt, mit dem flatternden Weiß der Möwen darüber, für den ist es seltsam, dieses ruhige Schwarz am Himmel zu sehen. Auch die Sterne haben sich verändert. Am Abend steht das Kreuz des Südens niedrig über dem Horizont, der Fixstern meiner neuen Hemisphäre.

Ich lerne die Mondphasen zu unterscheiden und versuche, mich am Himmel zu orientieren. Oft suche ich den Punkt am Horizont, hinter dem dein Haus liegt. Wenn ich unter einem indischen Mandelbaum auf der Steinbank des Dorfes sitze und den Abend damit verbringe, mich in der schönen Sprache der Einheimischen zu unterhalten, dann wende ich mich oft im Geiste deiner Landschaft zu. Sie befindet sich jenseits des Brunnens, jenseits der Brücke, jenseits des letzten Baumes, den ich noch sehen kann. Wenn ich mich jetzt nicht auf den Weg mache, um dich zu besuchen, dann nur deshalb, weil ich hier noch viele Dinge zu erledigen habe, und nicht, weil ich siebentausend Kilometer südlich von dir wohne – der Gedanke gefällt mir.

Ich beginne, die ersten Witze in der Landessprache zu machen, und sie kommen an. Lachen ist für die Menschen hier die schönste Form der Höflichkeit. Ich versuche auch, neapolitanische Sprichwörter zu übersetzen: *punda mzée anakúfa katika nyùmba ja mtu mjìnga*, der alte Esel stirbt im Haus des Dummkopfs.

Tagelang wirbelt der Wind den Staub von der Ebene auf, der Himmel wird gelb und hölzern, und die Augen sind voller Splitter. Die Termiten haben die Bücher zerfressen, die ich im Koffer aufbewahrt hatte. An ihrer Stelle fand ich einen Brei aus schmutzigem Mehl. In diesem Land hat es die Materie eilig, wieder zu Staub zu werden. Selbst das Eisen, die Straßen, die Kleidung: Alles löst sich auf, von Sonne und Wind zerschlissen. In diesen Tagen reibe ich mir oft die vom Staub gereizten Augen, befeuchte sie mit Tränen. Es musste wohl erst ein Sandsturm über mich hinwegziehen, damit ich verstand: Der Staub, der wie die Seele des Erdbodens in die Lüfte steigt, ist das Endstadium aller Materie, die Unendlichkeit. Gott schuf daraus Adam, weil der Staub ebenso ewig ist wie der göttliche Atem. Dieser Gedanke macht den Staub erträglicher. Gerade grabe ich einen Brunnen, und bald werde ich ein bisschen von dieser Ewigkeit abschütteln, oder besser: abwaschen können.«

Ich schaue zur Zimmerdecke hinauf und kann mir genau vorstellen, wo sich jenseits des Gebälks, der Wolken und der Blitze der Kleine Wagen befindet, mit dem Stern an der Deichsel, der immer nach Norden weist. Unsere entgegengesetzten Himmel haben beide eine Schlüsselstelle in ihrem Gewölbe.

Man schickte dich zu einer Missionsstelle auf der Hochebene, die von großen Waldgebieten umgeben war. Du teiltest dir den Dienst mit einem alten Missionar, einem Mann, der alle Entbehrungen kannte und von der Malaria gezeichnet war. Das euch anvertraute Gebiet war ziemlich groß. Sonntags hieltet ihr die Messe in eurer Kirche, einer großen Hütte mit einem Blechdach. Sonst zogt ihr zu zweit auf dem Rücken eines Maultiers zu den Dörfern, um im Schatten der Bäume den Gottesdienst im Freien zu halten. Du schriebst: »Die Bäume eines Dorfes sind wie Plätze. Man weiß genau, wann sie entstanden sind, und in ihrem Schatten wird Handel getrieben, die Messe gelesen, Rat gehalten. Man bleibt unter ihrem Schutz, auch wenn die Dunkelheit hereinbricht. Man bleibt in ihrem Schatten wie im Kielwasser eines Schiffes.«

Einmal stahl man euch das Maultier. Du warst sehr aufgebracht, hast eine Untersuchung eingeleitet und überall die Nachricht von dem Vorfall verbreitet. Der Alte ärgerte sich überhaupt nicht und meinte, du solltest dich mit dem Verlust abfinden, wobei er dich an den Spruch des Qohèlet erinnerte: Das, was einem fehlt, kann man nicht zählen. Ihr würdet auf das Tier verzichten können, es würde auch so gehen. Aber du bliebst stur und erhobst so laut die Stimme, dass eines Nachts das Maultier wieder an seinem Platz stand. Der Alte freute sich so sehr darüber, als hätte er noch nie eines besessen. »Als er das Tier sah, sprach er einen Segen: ›Gesegnet seist du, Herr im Himmel, der du mit der einen Hand nimmst und mit der anderen gibst.‹ Bei allen Gelegenheiten sprach er einen Segen, sei es zum Dank oder als Wunsch. Mir gefielen diese Sätze, die eine gewisse Vertrautheit mit Gott bewiesen und ihn, ohne zu flehen, aufforderten, Hilfe zu bringen oder ein Wunder zu wirken. Auch ich lernte, solche Segnungen zu sprechen. Das erwünschte Gute wurde damit hervorgerufen und zum Dableiben ermahnt. Es erstaunte mich nicht, dass die Welt, die ja ganz plötzlich durch einen segnenden Hauch erschaffen worden war, sich sanft verbeugte, um dieses angekündigte Gute zu empfangen. Ich wurde zu einem Gaukler, der ein unsichtbares Publikum zum Lachen bringt.«

Der Alte war beliebt, aber mit deiner Ankunft stieg euer Ansehen noch mehr. Die Mission erhielt neue Gaben von den Dörfern. Man bewunderte deine kräftige Gestalt, ein sicheres Zeichen göttlicher Gnade. Eine Frau schenkte dir eine Decke, aber der Alte riet dir, sie nicht anzunehmen.

»In jener Zeit war ich im besten Mannesalter, und das Keuschheitsgelübde war in dieser Gegend mehr eine Empfehlung als ein Befehl. Man hatte Nachsicht mit einem Mann, der ganz allein unter einem Volk lebte, das dieses Gebot nicht verstehen konnte. Es kam sogar vor, dass ein Missionar, der sich eine Frau nahm, bei den Leuten ein noch größeres Ansehen genoss und er damit ein Hindernis bei seiner Missionsarbeit aus dem Weg räumen konnte. Der Alte erklärte mir das und wies mich auf die Folgen hin, die es hätte, wenn ich persönliche Geschenke annähme. Er sagte, ich solle ganz bewusst meine Entscheidung treffen und mich weder meinem Gelübde noch ihm verpflichtet fühlen. Ich hatte den Gedanken an eine Frau immer hintangestellt. Denn mir schwebte eine andere Lebensform vor. Darum lehnte ich ab und respektierte mein Gelübde. Von da an nahm ich nur noch Gaben für unseren Lebensunterhalt oder für die Kirche an. Die Keuschheit, die vielleicht auch dir vertraut ist, war für mich aber niemals eine Entbehrung, sondern vielmehr die Voraussetzung, um frei zu sein. Die Berufung zu diesem Dienst führte mich weg von meinen Begierden und persönlichen Bedürfnissen. Mich meiner selbst zu entledigen, das war die Freiheit, die ich wollte. Aber das ist nur meine eigene Erfahrung. Ich habe in dem Land dort unten gottesfürchtige Männer kennengelernt, die durch die Beziehung mit einer Einheimischen ihren Missionsdienst sogar noch besser geleistet haben. Ihr Verhalten verursachte keinen Skandal, im Gegenteil – sie wurden sehr geschätzt. Jeder zähmt seinen Körper, wie er kann, und das eigene Fleisch kann man nicht belügen. Wir haben eine Religion angenommen, die so überreich an Verboten ist, dass man unmöglich alle berücksichtigen kann. Unser Gesetz ist ein detailliertes Verzeichnis der Perfektion und deshalb unerfüllbar.«

Ich wusste, wie es ist, ohne eine Frau zu leben. Aber bei mir war der Grund das fehlende Verlangen und nicht etwa der Verzicht. Seit jener Fieberkrankheit in meiner Kindheit hat mich mein müdes Blut vor den Sehnsüchten des Fleisches bewahrt. Menschen wie ich sind Sackgassen der Evolution.

Nach den ersten fünf Jahren kamst du für einige Monate nach Italien zurück. In solchen Abständen nahmst du deinen Urlaub, und du wähltest dafür stets die warme Jahreszeit, um nicht dem Winter zu begegnen, den du schon vergessen hattest. Du sahst eher einem Söldner als einem Geistlichen gleich. Noch kräftiger, bis in die kleinsten Muskelfasern. Sanft gabst du mir die Hand, und selbst dann konnte ich deine Kraft noch spüren. Nach unserem Tagwerk setzten wir uns auf die Steinbank vor dem Haus. Deine Ruhestellung war, auf den Fersen zu kauern. Aus dieser Position kamst du langsam und mühelos wieder hoch. In deiner Hütte gab es keine Stühle, und so hattest du gelernt, dich auf diese Weise auszuruhen. Bei mir würde eine solche Sitzhaltung Krämpfe am ganzen Leib verursachen. Ich werde oft von diesen Muskelkontraktionen an den verschiedensten Körperstellen befallen, von den Fußspitzen bis hinauf zum Kinn. Deine Füße waren robust, die Knöchel breit und kräftig. Als du die Beine dann auf den Stuhl vor dir legtest, sah ich die verhärteten und stark beanspruchten Fußsohlen, die in der Ruhestellung lauter Runzeln hatten. Die Menschen, bei denen du lebtest, bewunderten deinen Körperbau. Sie schätzten es sehr, wenn jemand mit solch festen Sohlen auftreten konnte.

»Mit ihren Spielen und Tänzen imitieren sie Kämpfe, und sie zielen dabei immer auf die verletzlichen Stellen ganz unten am Körper. Sie versuchen, die Füße und Beine zu treffen, denn für sie ist ein Lahmer schwächer als ein Blinder oder ein Einarmiger. Wer sich nicht schnell bewegen kann, ist für das wandernde Dorf verloren. Die Nomaden ehren die Füße und hassen die Schlangen.«

Die heißen Nachmittagsstunden verbrachten wir an einem kühlen Plätzchen. Ich hatte immer etwas zu flicken und auch stets eine Frage an dich. Du erklärtest mir an einem Beispiel die Schwierigkeit, Menschen das Evangelium nahe zu bringen, Menschen, die es durchaus gewohnt waren, Geschichten zu hören. Jedoch wollte der Anführer eines Dorfes die Erzählung von der Entstehung der Welt, wie sie ihm seine Ahnen überliefert hatten, keinesfalls verändert wissen. Den sechs Schöpfungstagen zog er das Bild eines Strudels vor und beschrieb dir zur Verdeutlichung einen Wirbelwind. Du beharrtest nicht auf deiner Geschichte. »Das Universum spricht auf sehr unterschiedliche Weise zu den Menschen. Dem einen zeigt es Wirbel und dem anderen die Nacht, in der die erste Stimme sprach: Es werde Licht. Seine Geschichte entwurzelt den Menschen nicht, und das Christentum ist nicht gekommen, um die alten Sagen auszulöschen, sondern um ihnen einen anderen Schluss zu geben.«

Ihr hattet einen Gemüsegarten und einen Obstgarten und betriebt Viehzucht, und dennoch gelang es euch nicht, vom italienischen Mutterhaus unabhängig zu werden. Nach einer Reihe von Fehlschlägen musstet ihr euch eingestehen, dass die Missionsstation nicht auch noch ein landwirtschaftlicher Betrieb sein konnte und nach wie vor auf fremde Hilfe angewiesen war. In der damaligen Zeit hatte sich die Ansicht verbreitet, dass sich die Missionen selbst versorgen sollten. Gleichzeitig sollte ihre Landwirtschaft Gewinn bringen, ein Vorbild sein und damit den Nachahmungstrieb der Einheimischen wecken. Aber die Leute ahmten nichts nach. Selbst die allerbesten Erträge, die die Weißen erzielten, waren für die Menschen dort nur das Resultat eines unerreichbaren Privilegs. Man gab es schließlich auf; Neuerungen in ihrem agrarischen System einführen zu wollen, das ja nicht nur aus Säen und Ernten bestand, sondern das gesamte Leben umfasste, einschließlich uralter Bäume und heiliger Felder. Nach euren jahrelangen Bemühungen und den Vorwürfen, die euch das Mutterhaus machte, schriebst du schließlich einen erbosten Brief: »Ihr müsst uns unterstützen. Wenn ihr glaubt, dass wir nicht fähig sind, alleine zurechtzukommen, dann ruft uns zurück und schickt andere, die besser sind als wir.« Das war dein Tonfall, und lange noch regtest du dich auf, wenn du an die Kritik dachtest, die euch zuteil wurde. Und dann unterstützten sie euch, schließlich wart ihr Missionare und keine Pioniere.

Ich fragte dich, ob du noch an Italien dächtest, ob du Nachrichten von dort erhieltest.

»An Italien denkt man nicht. Das Missionsland nimmt einen völlig in Anspruch und erlaubt kein Heimweh, nicht einmal in Form von Neugierde. Wir gehören zu der Sorte von Emigranten, die selbst dann nicht heimkehren, wenn sie in der Fremde ein Vermögen gemacht haben. Aber ich kenne den Unterschied zwischen uns und denen, die aus Armut emigriert sind: Wir gingen aus freiem Willen, wenn man das bei einem Missionar überhaupt sagen kann. Jedoch haben wir, genau wie all die anderen Auswanderer, nicht nur gute Ratschläge, sondern auch die italienische Arbeitsweise mitgebracht. Jeder von uns ist Bauer, Mechaniker oder Maurer und nicht selten alles gleichzeitig. Hier haben wir uns nützlich gemacht, in Italien wäre uns das vielleicht nicht so gut möglich gewesen. Aus diesem Grund haben wir Missionare mit den Auswanderern einiges gemein. Aber nicht die Frucht unserer Arbeit berechtigt uns dazu, unser halbes Leben hier unterhalb des Äquators zu verbringen, sondern unsere christliche Mission. Sicher, unsere Arbeit hat dazu beigetragen, Mühsal und Leid zu lindern: Brunnen, medizinische Versorgung, Kleidung – das sind alles Dinge, die zweifellos geschätzt werden. Sie bestärken mich in meinem Tun. Etwas ganz anderes jedoch ist die geistige Prüfung, der ich gerecht werden muss.«

Gelingt es allen Missionaren, dort unten zu leben?

»Nicht allen. Die Berufung allein genügt nicht. Man geht an einen Ort, und die Seele ist bereit, aber es gibt keine Vorbereitung, die einen dafür schulen könnte. Man muss es ausprobieren, wenn man wissen will, ob man sich für ein solches Leben eignet. Ich habe fromme und rechtschaffene Männer gesehen, die jeden Tag etwas mehr resignierten und allmählich immer nachlässiger oder kränker wurden. Dieses Land fordert viel, es beansprucht dich ganz und gar. Wenn man anfangs noch Vorbehalte oder Heimweh hat, dann bereitet man schon den Boden für den Misserfolg. Bevor ein Land wirklich zur neuen Heimat wird, muss man eine Art Umkleideraum passieren, in dem man sich völlig entblößt.

Niemand kann einem helfen oder als Vorbild dienen. Es ist eine Aufgabe, die jeder selbst bewältigen muss, in Tagen des Stolzes und in Tagen der Verzagtheit, und jeder muss sich auf einen Glauben stützen, der niemals auszureichen scheint.

Ich habe von Männern gelesen, die sich nur dann an einem Ort zu Hause fühlen, wenn sie dort eine Frau lieben. Einige von uns sind heimisch geworden, wenn eine Krankheit sie an ihre Grenzen gebracht hat. Das Tropenfieber ist eine Ausschabung, die bis in die Seele geht. Man betritt den Vorhof einer gleichgültigen Welt, die das Leben oder den Tod mit ein und derselben Hand austeilt. Es gibt Nächte im Delirium, die einem helfen, Wurzeln zu schlagen.

Auf engstem Raum ein hartes Lager, ein Eimer, um sich zu waschen – und man beginnt, den Komfort zu verachten. In irgendeinem Zipfel der Welt befindet man sich auf einmal im Zentrum des eigenen Lebens. Und dann, nach einem mühseligen und fast fruchtlosen Tag ziehst du deine schweißgetränkten Kleider aus, die mit dem Geruch behaftet sind, den nur eine Ehefrau verzeiht, und anstatt den Kopf hängen zu lassen, spürst du plötzlich einen Schauder des Stolzes über deinen Rücken laufen. Er steigt die Wirbelsäule hoch, strahlt in den Brustkorb aus, du ziehst tief den Atem ein und bist ein Mann Gottes geworden.«

Trotz der großen Distanz unterhielten wir die ganze Zeit einen regen Briefwechsel. Ich las deine Briefe so oft, dass ich sie schließlich auswendig konnte, und zu Weihnachten schickte ich dir ein Paket mit gedörrten Feigen und Gebäck.

Nicht immer hast du es erhalten. So vergingen für uns über zwanzig Jahre. Aber wer hat sie gemessen? Der Pulsschlag, das am Abend abgerissene Kalenderblatt, der Mond? Irgendetwas verzehrte zweifellos unsere Kräfte – nicht aber unsere Zuneigung –, doch das waren nicht die Tage oder die Jahreszeiten. Es war der Handrücken, der die schweißnasse Stirn abwischt, es waren die alltäglichen Gesten, das immergleiche Lied. An diesem alten Lied, nicht an den Tagen oder den Jahren, erkenne ich die Zeit, wie auch am Fell des Hundes, an der Strömung, am Schlaf. Ich sah meine Bäume altern, ihre volle Blüte schwächer werden. Die Landschaft sah ich vorbeiziehen, die Jahre jedoch nicht.

Du kamst noch ein letztes Mal zu mir, nachdem du aus dem Missionsdienst entlassen worden warst. Es war zu Ostern, an einem Märztag, im darauf folgenden Winter starbst du. Du warst müde, aber immer noch kräftig. Ich hatte einen Auberginenauflauf gemacht und zum Nachtisch Orangenkuchen gebacken. Deine Bewegungsfreiheit war sehr eingeschränkt, und selbst die einfachsten Gebärden kosteten dich viel Kraft. Nachmittags ruhtest du dich aus, und wir trafen zur Teestunde in der Küche wieder zusammen. Vor dem Fenster sahen wir die knospenden Bäume, die erwachende Natur. Wir waren alt, und der Frühling brachte uns einen Taumel, den man nicht als Überschwang bezeichnen konnte. Die Arbeit im Freien wieder aufnehmen zu können, war für mich ein Bedürfnis, das ich von Jahr zu Jahr immer mehr herbeisehnte und immer mehr fürchtete. Die winterliche Pause schwächte die Kräfte eher, als sie zu erneuern. Für dich hingegen war der Frühling eine nicht mehr wahrnehmbare Jahreszeit, die dem afrikanischen Sommer ein letztes Mal vorangegangen war. Nur manchmal, in der Nacht, wenn die starken Regenfälle vorbei waren, kündigten ein leichtes Schaudern und ein funkelnder Himmel nur dir allein an, dass für wenige Stunden in Windeseile der Frühling vorbeizog, den schon der nächste Tag wieder austrocknen sollte. »Und dann machte ich es wie auf Ischia: Ich atmete tief ein, hielt die Luft so lange an, bis ich nicht mehr konnte, und ließ sie dann mit dem fröhlichen Ploppen einer gerade geöffneten Flasche wieder entweichen. Wenn morgens auf das orkangeschüttelte Land plötzlich das erste Sonnenlicht fiel, konnte ich eine ganze Minute lang das Geräusch des sich ausbreitenden Lichtes hören. Im Land unserer Kindheit ging im Frühling die Sonne hinter dem Vulkan auf, dann blitzte ein erster Strahl hervor und legte sich mit einem sägenden Laut über die noch schlafende Stadt. Das ist das Geräusch des Lichts in der noch stillen Luft, ein frischer Schnitt, der einen Baum tief unten in die ruhende Wurzel ritzt. Das erste Licht ist wie geschliffen, schneidend kalt, und es brennt, wenn du es einatmest. Erst danach erwärmt es sich.«

Ich fragte dich, ob du mit Afrika wirklich abgeschlossen hättest.

»Mit Afrika und allem, was ich dort unten getan habe«, gabst du mir zur Antwort und trankst deinen Tee mit geschlossenen Augen. Dein graues, kurz geschnittenes Haar war noch dicht, und im Vergleich zu mir, der ich ganz weißhaarig war, wirktest du viel jünger. Nur wenige tiefe Falten zerschnitten dein Gesicht, dessen Haut ganz trocken und sonnenverbrannt war. Deine Stimme klang immer noch angenehm, aber dunkler. Eine Stimme, die aus der Tiefe eines Brunnens kam.

»Mein Freund, es hat alles nichts genützt. All diese Jahre, die meinen und die der anderen Missionare: Sie waren umsonst, alles geht zugrunde. Unsere Missionen, die unter unbeschreiblichen Mühen errichtet wurden – und dieses Opfer kann man wirklich nicht in Worte fassen –, gehen vor die Hunde. Die örtliche Kirche hat uns abgelöst, unser Werk übernommen. Das ist richtig und gut so, denn wir sind einmal in der Hoffnung dort hingegangen, eines Tages überflüssig zu werden. Aber ich sehe, wie die Häuser, die Gärten, die Obstbäume, die Schulen, die Krankenstationen, die Brunnen verkommen, kaum dass wir den einheimischen Priestern unser Lebenswerk übergeben haben. Sie haben das alles nicht gebaut, sondern fanden es fertig vor, wie ein Geschenk, und vergeuden es nun, indem sie alles verwahrlosen lassen. Eine Maschine, ein Werkzeug, ein Gebäude – das sind Dinge, die nicht so in ihrer Erinnerung haften wie in unserer. Ihre Vorfahren waren keine Schmiede oder Maurer; sie stutzten keine Bäume und veredelten sie auch nicht. Für uns liegt in dieser unermüdlichen Fürsorge eine Liebe, die uns überliefert wurde, und ihnen bedeutet es nichts. Sie betrachten die Instandhaltung und Pflege als eine Art Aberglauben.

Es ist nicht einfach für sie, Priester zu sein. Wir bekamen alles, was wir brauchten, aus dem Ausland, und sie müssen es sich irgendwoher beschaffen, sei es vom Bischof oder von den Dorfbewohnern. Die Rolle des einheimischen Priesters ist nicht mit der eines Missionars zu vergleichen, der selbst nichts besitzt. Im Gegenteil, ein Priester hat eine hohe gesellschaftliche Stellung und ist verpflichtet, der vielverzweigten Familie seine Dankbarkeit zu erweisen, die ihm ja schließlich die langen Studien ermöglicht hatte. Und so kommt schließlich ein armes Dorf zu einer reichen Kirche.

Ganz alleine haben wir eine Schule gebaut. Vier Jahre verwendeten wir darauf, ohne Hilfe von der örtlichen Diözese zu erhalten, einzig mit Spenden aus verschiedenen Ländern. Als sie endlich fertig war, fragten wir, ob uns ein Lehrer zugeteilt würde. Das wurde verneint, wir mussten uns auch darum kümmern. Und selbst das mag richtig sein, doch mittlerweile sehe ich, wie sich die Mentalität, alles sei ihre eigene Angelegenheit, durchsetzt. Sie sind zu dem Schluss gekommen, dass sie es alleine schaffen müssen, ohne uns. Wir sind für sie lediglich eine Stelle, die nicht rückzahlbare Kredite vermittelt. Wir sind eine ständige Baustelle, von der man nicht etwa die Vollendung der Arbeiten erwartet, im Gegenteil: Wir sollen eigentlich nie fertig werden. Vielleicht ist das einfach der Wunsch nach Zuschüssen, vielleicht beruhigt sie der noch nicht fertiggestellte Teil. Denn sicher ist: Ein abgeschlossenes Projekt ist der Vernachlässigung gewiss. Sie fangen wieder bei null an, es ist ihre Art, sich jedem neuen Tag zu stellen. Schon immer hat dieses Land sie daran gewöhnt, ihr Herz nicht an Dinge zu hängen, denn unter dieser stechenden Sonne hat nichts Bestand. Aber das alles ist mir mittlerweile egal.«

Du machtest eine längere Atempause, und dann bekam deine Stimme einen fröhlicheren Klang. »Und unsere Projekte, unsere Arbeit – was bedeuten sie schon? Ein Vorwand, gerade mal ein Zeichen guten Willens. Was macht es schon aus, wenn alles verkommt? Darin lebe ich ja nicht fort. Ein Priester muss sein Leben den Menschen widmen, ohne Einschränkungen oder Vorsätze, genau dies bedeutet das Gelübde. Das Leben verlangt einem alles ab, und doch weiß man, dass es trotzdem nicht ausreichen wird. Und ständig wird das Gebot erhöht, man muss immer noch ein bisschen mehr geben, so wie etwa ein dauernd beanspruchter Muskel jeden Tag eine Anstrengung mehr aushält. Doch es ist keine Arbeit, die man abschätzen und mit dem geringsten Kraftaufwand verrichten kann, ganz im Gegenteil – sie verlangt die Erschöpfung aller Reserven. Nur wenn man sich völlig verausgabt hat, wird einem neue Kraft gegeben, während die kleinste Energieersparnis die Erneuerung zunichte macht. Wer sich auch nur ein bisschen zurückhält, hält sich ganz zurück. Liebe deinen Nächsten, aber nicht wie dich selbst – denn dies ist eine armselige Gleichwertigkeit –, sondern liebe ihn noch mehr. Dieser ungleiche Tausch macht aus deinem Gegenüber deinen Nächsten; einer, dem du alles geben musst und der nicht so ist wie du, den du nicht mit dem gleichen Maß messen kannst, denn er ist nicht dein Glaubensbruder: Er ist dein Nächster. Der Gott meiner Religion hat seinen Sohn geopfert, ohne eine Gegenleistung dafür zu erwarten. Für seine Erscheinung geben wir die unsere hin, denn das ist der Preis: Man kann seinem Nächsten nur helfen, wenn man das eigene Leben hingibt. Und es ist nicht gewiss, ob das auch reichen wird.

Lohnt es sich trotzdem? Höre diese Botschaft aus einem alten hebräischen Bibelkommentar: Der Mensch wurde einzig und allein deswegen erschaffen, um Folgendes zu lernen: Wer ein einziges Leben vernichtet, der vernichtet damit gleichsam die Welt. Wer aber auch nur ein einziges Leben rettet, der rettet damit gleichsam die ganze Welt. Dieser Gedanke war die Antwort auf meine anfangs gestellte Frage: Für mich lohnt es sich. Die Barmherzigkeit, denn von ihr spreche ich, lässt sich nicht an einem Ergebnis messen, sie erschöpft sich nicht in irgendeinem Ziel. Wozu ist sie gut? Zu nichts; und doch ist dies ein unschätzbarer Wert für mich. Wenn man sich über die eigene Existenz Gedanken macht und sich dann in dem Gefühl einer sinnlosen Vergeudung verliert, wenn selbst das, was man für gut hielt, plötzlich vergebens erscheint, dann wird die Barmherzigkeit zur einzigen Sympathiebezeugung, die es zwischen einem Menschen und dem Rest seiner Welt geben kann. Sie hat keinen Nutzen, auf ihr kann man keine Stadt gründen, noch nicht einmal eine Kirche, aber immerhin einen Menschen.

Ich wollte nie ein Vorbild sein. Niemand kann das Leben eines anderen nachahmen. Aber die Barmherzigkeit kann etwas Unmögliches bewirken. Hör zu: Seid nun vollkommen, wie euer Himmlischer Vater vollkommen ist, spricht Jesus im Matthäus-Evangelium. Wenn es nicht möglich ist, dem Beispiel eines anderen zu folgen, so ist es doch möglich, wie Gott zu sein. Nur diese Nachahmung ist des Menschen würdig. Unmöglich? Nein, denn genau das ist das

Wunder, ein kleiner Rest des ursprünglichen Schöpfungsaktes.

Ich habe das Übel gesehen, das die Menschen einander zufügen. Eine Gewohnheit, die sie weder voranbringt noch zurückwirft, sie weder erhebt noch erniedrigt. Das Übel verändert die Menschheit nicht. Aber die Liebe, die sich nicht geschlagen geben will und die auch nicht erwidert werden muss – wenn jemand eine solch ewige Musik in sich trägt, dann kann er etwas für die Menschen tun. Dadurch verwandelt sich das eigene Leben in ein Kunstwerk. Der eine wählt die Materie, um sein Zeichen darin zu hinterlassen, den Marmor, die Leinwand oder das Papier, und der andere prägt sich in die Leere der Menschheit ein.«

Das Übel veränderte die Menschen nicht, das Übel war normal: Dieser Satz, der in einer weit zurückliegenden Nacht in der Schwebe gelassen wurde, hatte nun seine Erfüllung gefunden. Den Menschen etwas geben – das konnte also nur eine Liebe erreichen, die blind wie der Regen herabfällt, wohl wissend, dass sie verstreut und bloß zufällig, hier und da, empfangen wird. Das Wort Liebe kehrte in meine Ohren zurück, und ich erkannte darin noch andere Bedeutungen: Die Liebe hat keinen Zweck und kein Ziel, sie irrt umher. Kann denn nur das fruchten, was ohne Absicht ist? Was ist mit der Welt geschehen, wenn sie an einem Punkt angelangt ist, an dem ihr keine direkte Handlung mehr hilft, damit sie sich weiterdreht, sondern an dem nur noch Opfer sie besänftigen können?

Mit offenen Augen höre ich die Fensterriegel lose klappern, und mein Schaukelstuhl ist wie das Gefährt einer dahinziehenden Karawane, beladen mit meinen Knochen. Ich achte nicht einmal mehr auf das Haus, das mir in jedem Raum Antwort gibt.

Draußen flatterte meine Wäsche im Wind, der sie trocknete und mit dem Duft der ersten Pollen bestäubte. Hinter dir sah ich, wie sie sich aufblähte und wieder herabsank, so wie es manchmal auch der Atem in deiner Stimme tat.

Wir gingen ins Freie. Ich zeigte dir die große Pinie – der einzige Baum, den ich nicht gepflanzt habe, weil er schon vor mir da war. Er war krank, ihn bedrohten die Prozessionsspinner, die in meterlangen Zügen an ihm hochkletterten und sich in seinen Zweigen einnisteten. Man musste die Nester entfernen, jedes einzelne, und sie verbrennen. Mit deiner Hilfe konnte ich das schaffen und den Baum retten. In seiner breiten Krone klafften, wie in einem betagten Lächeln, bereits viele Lücken, denn die Raupen hatten etliche Äste angegriffen. Wir machten uns ans Werk. Du bist auf den Baum geklettert und hast mit einer Stange die Nester geschüttelt, damit sie auf den Boden fielen. Ich hielt die Leiter fest, um deine Bewegungen auszubalancieren. Dann sammelten wir die Nester ein und verbrannten sie.

»Wir haben ein Wesen beschützt, das älter ist als wir, und ich habe das Gefühl, einen Menschen geheilt zu haben. An einer Stelle in den Evangelien beschreibt ein Blinder in dem Moment, als ihm das Augenlicht geschenkt wird, die Menschen als wandelnde Bäume. Das ist die schönste Sinnestäuschung, von der ich jemals gelesen habe, und manchmal finde ich, dass sie ganz genau zutrifft.

Ich denke auch an die Prozession, die wir gerade unterbrochen haben: So waren auch unsere Vorfahren. Sie kannten die Gesetze der Kette, aber nicht die Rechte des einzelnen Gliedes. Sie glaubten, auch wenn sie selbst ausgelöscht würden, bestünden sie in den anderen weiter. Ich fühle mich in ihrer Spur, bin ein Teil ihrer Prozession. Verzeih mir, falls du dich an meinen Assoziationen störst: Für mich liegen zusätzliche Botschaften in den Dingen, die deutlicher werden, wenn man Vergleiche anstellt und Ähnlichkeiten entdeckt.«

Wir setzten die Nester mit kleinen Zweigen und Pinienzapfen in Brand, und der Geruch verbrannten Harzes stieg wie Weihrauch unter der Kuppel der Pinie auf.

Es war zur Stunde des Sonnenuntergangs, und wir verweilten ein wenig auf der Türschwelle. Du betrachtetest die langsam dahinziehenden Wolken, ihre Farben schienen dir verblichen.

»Auch dieser Himmel kommt mir alt vor. Dort unten war er jünger und selbst in der glühenden Mittagshitze noch tiefblau. Geschwind ließ er die Wolken wandern, schleuderte sie herum, türmte sie auf, bis der Regen herabstürzte. Tief jagten sie über das Land, der Wind heulte und rüttelte an den Zweigen der Bäume und Büsche. In der Regenzeit wechselten sich strahlender Sonnenschein und dunkle Gewitterwolken mehrmals am Tag ab. In Afrika gab es einen kindlichen Himmel, ein wildes Karussell, das zum Mitfahren einlud. Der Himmel hier ist weiter entfernt, und er scheint mir abgewetzt wie ein altes Gewand.«

Mit einem Schlag stürzte der Sonnenuntergang in die Nacht. Eine Wolke löschte den letzten Streifen Licht am Horizont, und so gingen wir wieder ins Haus. Wir lauschten den Geräuschen des Landes, das sich zur Abendruhe bereitmachte. Meine Enten badeten im Teich, tauchten und spritzten Wasser auf ihre Flügel. Von einem entfernten Gehöft drangen die Schläge eines Hammers auf einem Amboss herüber. Eine Schafherde kehrte unter dem fröhlichen Geblöke der Lämmer von der Weide zurück. Das Haus erzeugte seinen summenden, tiefen Ton; eine einzige Note, die aus der Erde kam und in den Mauern vibrierte. In diesem Moment höre ich, wie das Haus wieder in Dis-Dur summt, aber jetzt mit einem stärkeren Klang, einem Raunen der Materie, die nun ihre Lippen öffnet. Und ich kann darin nicht mehr den Gesang vom Schrei, die Musik vom Schmerz unterscheiden.

Der abrupte Einbruch der Nacht beschleunigte deine Gedankengänge. Zum dunklen Fenster gewandt, presstest du die Finger aneinander.

»Ich habe die Stärke meines Opferwillens wegen einer unrechten Empörung verloren. In den letzten Jahren konnte ich noch widerstehen, aber die ganze Zeit war mir danach, die Fäuste sinken zu lassen. Eine überquellende Bitterkeit angesichts all der vergeudeten Arbeit hat mich befallen, an meinem Körper genagt. Meine Knochen schmerzen, ich spanne die Muskeln an, um sie zu schützen, aber das Leiden frisst trotzdem daran. Ich wurde zu Untersuchungen bestellt, und überall hat man die Bisse gefunden. Ich werde nicht mehr nach Afrika zurückkehren. Lieber wäre ich dort gestorben, aber ich wäre nur eine Last. Sie sagen, dass sich die Schmerzen verschlimmern werden und dass sie mir dann ein Gegenmittel geben. Aber der Schmerz ist ja kein Gift. Der Schmerz ist ein Schrei aus allen Fasern, die damit den Körper auffordern, sich aufzulösen. Ich habe viele Menschen in den Armen gehalten, als sie nicht einmal mehr die Kraft zu schreien hatten, und ich konnte sehen, wie die Nerven unter der Haut den Körper nach den letzten Spuren des Schmerzes abtasteten. Dann endlich löste sich die Seele mit dem Geräusch eines brennenden Waldes, und mir erschien es wie Erbarmen. Ich hoffe, sie werden mich schreien lassen.«

An jenem Abend hieltest du das Glas fest umklammert, langsam hast du getrunken und bei jedem Schluck den Anflug eines Lächelns gezeigt. Wir verabschiedeten uns für die Nacht. Ich konnte dir nicht einmal ein Wort des Trostes sagen. Aber dein ganzes Verhalten bewies, dass dich eine bestimmte Zuversicht, ein sicherer Beistand bereits begleiteten. Als du die Tür zu deinem Zimmer hinter dir zumachtest, sah ich deinen braun gebrannten Nacken zwischen den breiten Schultern hervorragen. Schultern, die das Joch der vielen Sonne getragen hatten. Die Sonne ist eine Bürde, wenn man sich jeden Tag im Freien über die Arbeit beugen muss. Rührung ergriff mich, als ich deinen dunklen Nacken sah, die tiefen Furchen in der Haut. Kein Wort des Trostes fand ich für deinen gebeugten Rücken, der Wirbel für Wirbel vom Krebs gezeichnet war.

Später in der Nacht wurde ich von einem Geräusch geweckt, und ich ging hinaus, um beim Gehege nach dem Rechten zu sehen. Durch den Türspalt über dem Boden fiel

Licht, du warst wach. Du hast mich hereingerufen, und ich sah dich in den alten Büchern über unsere Heimatstadt lesen, einem Erbe meines Vaters. Zu der Zeit, als wir dort aufwuchsen, war das ein Ort, der keinem anderen glich, der sich allen Vergleichen entzog. Weit zurückliegende Bilder kamen dir in den Sinn: »Ich weiß noch, dass es wenig Licht gab; eine seltsame Erinnerung für einen, der in einer Stadt des Südens geboren wurde. Und dennoch herrschte dort immer ein Halbdunkel: Hoch über den Gassen zog die Sonne schnell über ein kleines Stück Himmel hinweg. Unsere Stadt ähnelte keiner anderen, nicht wahr? Sie war die Tonscherbe, mit der Hiob sich die Krätze rieb, ein Bruchstück, entstanden durch unreinen Gebrauch und dennoch heilig. Hätte ich das damals gesagt, wäre ich gesteinigt worden. Und nun ist es in aller Munde, wie ein Sprichwort. Es war doch nur eine Stadt im Süden, eine von denen am Meer; wo sich die Menschen der Trägheit und der Gefahr ergeben und das sinnlose, gewaltsame Sterben akzeptieren. Die Schüsse an Land verloren sich in der Weite des Meeres, und wer draußen auf den Booten war, hörte davon nur noch einen Korkenknall. Tränen glitzerten auf dem Schwarz der Mütter und Witwen bei den Trauerzügen des Südens, wie in vielen anderen Städten am Mittelmeer auch. Es war ein sanft gewelltes Land, das sich allzu einladend gab. Kein Eroberer wurde vor dem Golf zurückgewiesen, jeder durfte in die Stadt einziehen. Der schnell verblassende Prunk und die vielen Besatzer hinterließen den Eindruck, dass die Macht ebenso unbeständig war wie der Fassadenputz, der von der salzigen Luft brüchig wurde. Jetzt hätte dieses Land Ruhe nötig, es sollte nicht mehr erwähnt werden.«

Wir blätterten in den Büchern berühmter Reisender, die die Stadt besucht hatten; sie hatten Notizen, Schmähungen, Gedichte hinterlassen: Fäkalien der Wanderer. Und dennoch vergoren all diese Seiten nicht zu Dünger, sondern strömten Düfte aus, verschmolzen zu einem Loblied. Lächelnd lasen wir auch die Beleidigungen, mit denen man unsere Stadt bedachte. Sie endeten wie plumpe Schläge ins Leere, die nur den aus dem Gleichgewicht bringen, der sie austeilen will. Die Huldigungen dagegen waren uns peinlich, besonders jene, welche die Menschen und ihre Künste priesen. Vielleicht verdiente es die Musik, aber nur jene ohne Partitur. Die Musik war in die Stimmen eingegangen – Melodien der Wut, der Flüche, des Schmerzes, der Mahnung; eine Tonart für jeden Schrei, präzise wiederholte Kadenzen. Die Stimmen der Stadt variierten je nach Litanei. Wir wiederholten verstohlen jene Schreie, und du trafst sie so exakt wie damals, als du in der Schule die Hexameter skandiertest.

Wir blätterten auch in einer Sprichwortsammlung. Du zeigtest auf eine Zeile: *Auf dem Meer gibt es keine Tavernen.*

»Das ist ein Satz, den man eigentlich jedem mit auf den Weg geben müsste, der die Gelübde ablegt. Es könnte geschehen, dass er dann im Augenblick der Abreise innehält. Ein Satz wie dieser könnte jemanden retten, indem er ihm die Leere vorhält, in die der Reisende gerade eintauchen will. Heute Nacht sehne ich mich nach diesem Meer ohne Tavernen. Gepriesen seist du, o Herr der Wanderungen, der du den Menschen an die Gestade seiner Abreise zurückkehren lässt.«

Ich glaubte, dass du diesen Satz gegen dich selbst richtetest, gegen deine Rückkehr aus Afrika. Jene uralte Stimme, die ich schon andere Male in den Steinen des Hauses gehört hatte, wandte sich nun wie mit einem Urteilsspruch an dich. Mich ergriff das Bedürfnis, dich verteidigen zu wollen. Der Beistand, den ich dir zuvor nicht bieten konnte, kam nun in Form eines Gedankens, den ich zwar schon gespürt, aber nicht hatte greifen können. Mit einem schnellen und tiefen Atemzug versuchte ich, ihn festzuhalten, ihm eine Stimme zu verleihen. Und so hörte ich mich zu dir sagen: »Es ist ganz anders, das ist kein Spruch eines Gerechten, den du da liest. Es ist die Stimme eines ruhelosen Nörglers, der ohne Liebe die Welt betrachtet und mit seinen Sprichwörtern Ängste weckt. Aber jeder Mensch wird mit aller Kraft zum Guten hingezogen, das dennoch unerreichbar bleibt; er trägt schwer an seinem Werk und an der Unmöglichkeit, es zu vollenden. Der Staub der Erde und der Atem Gottes: zu viel der Ewigkeit für einen einzelnen Menschen. Mit seinem Spruch deutet der Nörgler auf dein Scheitern und bringt dich dazu, deinen Glauben zu verlieren. Sprich nicht über dein Leben, antworte nicht dem, der dir mit einem Kinderreim weismachen will, du hättest verloren.«

Auch jetzt noch überraschen mich diese Worte, die mir eingegeben wurden. Ich hielt inne, mit offenem Mund und dem Gefühl, noch nicht wieder zu Atem gekommen zu sein, als hätte ich in einem einzigen Zug gesprochen. Dein Mund öffnete sich zu einem kleinen Lächeln, wie ein Spalt in ausgetrockneter Erde. Der ständige Schmerz in den Knochen hatte einen Augenblick lang ausgesetzt, für die Dauer eines Atemzugs. Dann nahm dein Gesicht wieder den Ausdruck unterdrückten Schmerzes an, und deiner Stimme war die Anstrengung, sich nicht von der Krankheit berühren zu lassen, anzuhören.

»Auf dem Meer gibt es keine Tavernen. Wir sind nicht die Einzigen, die das wissen, auch Gott weiß es, weil es ihm zuerst widerfahren ist. Seit er Hand an die Schöpfung gelegt hat, ist Gott nicht mehr derselbe. Wir erzählen uns die Geschichte der sechs Tage als Symbol für den Beginn des Universums. Aber noch bevor es aus seiner Stimme drang, bevor die Materie durch seine Worte erweckt wurde, verlief das zu schöpfende Werk bereits parallel zur Existenz Gottes und wartete nur noch auf die Stunde, um ihm in die Kehle, in den Atem zu steigen. Das Werk, dieses Bedürfnis nach Begrenzung, bedrängte ihn. Er schuf das Universum: Für uns ist es die Unendlichkeit, für ihn eine Sackgasse. Die Geschichte der Welt ist seitdem die Geschichte der Mühen Gottes, sich der Schöpfung zu entziehen. Die Schöpfung ist für ihn ein Nagel, wie jener, der mit drei Schlägen in den Körper Christi hineingetrieben wurde. Ein Nagel, der blindlings zu irgendeiner Stunde der Zeitgeschichte eingeschlagen wurde und der seitdem den Raum um sich herum ordnet. Dieser Gott, der den Menschen schuf, konnte sich nicht mehr von ihm lösen. Und daher rührt die Angst, die in Schüben den Schöpfer überkommt und ihn verleiten will, Universum und Kreatur auszulöschen; doch mittlerweile ist er selbst das Werk, das er schuf, ist er das, was er gewirkt hat.

Das Ende der Welt wird ihm nicht wieder den Gott zurückgeben, der er einmal war, und auch die endgültige Vernichtung wird nur das letzte Glied der Kette sein. Er ist das Behältnis des Universums oder gar nichts.

Die Propheten sagen, in der Stunde des Weltuntergangs wird jeder Mensch von der Kenntnis Gottes erfüllt sein. Dann werden wir endlich die Regel verstehen, die so viel Unordnung zugelassen hat. Und wir werden es Gott vergeben können, dass er diese Welt geschaffen hat.«

Und damit brachst du abrupt das Gespräch ab. Dein Tonfall war voller Liebe und Vertrauen, was aber nicht mir, sondern dem anderen galt, dort jenseits der Dächer, jenseits des Himmels, jenseits der Sackgasse der Schöpfung. Du klapptest das Buch zu und legtest deine Hand darauf. Die Nacht war vorüber, durch die Schlitze in den Fensterläden drang das erste Licht. Unter den Dachziegeln begann das geschäftige Treiben der Spatzen, und der Tag deiner Abreise brach an. Ich würde dich nicht mehr wiedersehen. Du gingst in ein Erholungsheim für Missionare, bliebst unter deinesgleichen, auch wenn Männer wie du einander nicht ähneln. Sie ähneln niemandem.

Ich begleitete dich zur Bushaltestelle. Wir warteten im Stehen, ohne zu sprechen. Schließlich stiegst du ein, drehtest dich um und winktest noch einmal. Ich sehe mich wieder dort am Straßenrand stehen, ein Taschentuch in der Staubwolke der Abfahrt schwenkend, mit zusammengekniffenen Augen, die dich nicht verlieren wollten und die nicht weinen wollten, und dennoch verlor ich dich und weinte und hielt das Taschentuch vor den Mund, um nicht an dem Staub und an den Schluchzern zu ersticken.

Das Zimmer ist hell erleuchtet, grellweiß von den Blitzen, die mit einem Peitschenknall auf dem Erdboden explodieren. Ich versuche, meine Augen zu schließen, und spüre die Helligkeit sogar noch hinter den Lidern. Der letzte Freund tritt heran, jener, der stets den anderen den Vortritt gelassen hatte.

Da stehst du in der Tür: dunkle, zurückgekämmte Haare, lebhafte blaue Augen, ein gerader Blick, ein leichtes Lächeln. Ich sehe dein eigentliches und dein körperliches Alter: Du warst deinen Altersgenossen immer ein wenig voraus, ließest die Etappen bereits hinter dir, die die anderen eben erst erreichten. Ich weiß nicht, ob das ein besonderer Segen für dich war – jedenfalls machte es dich interessant, denn viele fühlten sich zu dir hingezogen und suchten deine Freundschaft. Du erzähltest oft von deinen Missgeschicken, nur um diesen eigenartigen Vorsprung abzuschwächen, den du gegenüber den anderen hattest. Immer betontest du den komischen Aspekt deiner Unternehmungen, warst stets darauf bedacht, deine körperliche Überlegenheit herunterzuspielen. Besonders geübt warst du darin, ins Meer zu springen. Du klettertest auf die höchsten Klippen, auf steil abfallende Felsen, um dann von dort oben Sprünge zu vollführen, die uns den Atem stocken ließen. Wir bekamen erst wieder Luft, wenn du aus der Tiefe wieder aufgetaucht warst. Nur du allein klettertest so hoch hinauf, sprangst, ohne zu zögern, los, blicktest vorher nicht einmal nach unten. »Wie ist das Wasser, wenn man nach so einem langen Flug unten auftrifft?«, fragte ich dich. Deine Antwort: »Wie ein Teppich.« Überdies fandest du einen Weg, um die anderen nicht mit deiner Kühnheit zu beschämen. Immer wieder machtest du dich über deinen eigenen Mut lustig, simuliertest eine Angst, die du gar nicht verspürtest. Du hattest die höfliche Art, deine eigene Person aus dem Mittelpunkt des Interesses zu nehmen, wo sie sich ja oft genug befand. So lenktest du die Aufmerksamkeit von dir ab, indem du etwas über einen Anwesenden erzähltest, bezogst ihn ein und verliehst ihm Bedeutsamkeit. Bei dir schien die Bescheidenheit eine einfache Übung zu sein, und doch war es eine Mischung aus Anstand und Gleichgültigkeit, war Kunst und keine Tugend.

Dein Gesicht unterstrich das, was du sagtest, mit einer ganz individuellen Mimik und verlieh damit selbst einer banalen Angelegenheit einen besonderen Ausdruck. Fröhlich trugst du deine ausgeprägte Nase zur Schau, nahmst sie zwischen die Finger und drehtest dich ins Profil. »Das nenn' ich eine Nase!«, sagtest du dann und nahmst selbst dein hervorstechendes Merkmal auf die Schippe. Sie teilte dein Gesicht und warf einen Schatten, der deine Züge energisch wirken ließ. Am Meer machtest du mich einmal auf ein Detail an deinem Fuß aufmerksam, dessen großer Zeh kürzer als der zweite war. »Ist dir schon mal aufgefallen, dass das bei den griechischen Statuen genauso ist?«, und du wackeltest würdevoll mit den Zehen, wobei dir die Komik bei dieser Angeberei selbstverständlich bewusst war. Dein Gang war weit ausholend und sicher, leicht federnd schob er dich voran.

Dich bewunderte ich auf eine eigene Art, nicht so, wie ich die anderen bewunderte. Ich begriff, dass du durch deine frühzeitige oder vielleicht überzeugendere Männlichkeit weit von ihnen entfernt warst. Immer umgab dich eine Schar Gleichaltriger, die deine Gesten, deine Witze und sogar deinen Gang nachahmten, wobei sie von dir etwas zu lernen erhofften, das auch sie bei den Mädchen in ein besseres Licht rücken würde. Denn du gefielst allen. Jeder Junge versuchte die Art zu imitieren, wie du die Beine übereinanderzuschlagen oder dein Haar zurückzustreichen pflegtest. So konnte er sich ungezwungener und ein bisschen mehr beachtet fühlen. Mir war dieser Drang fremd. Zu jener umfassenden Aufmerksamkeit, die nötig ist, wenn man jemanden aus Bewunderung imitiert, war ich gar nicht fähig.

Auch ich nahm an den Tanzabenden teil, kleinen Festlichkeiten, zu denen ich in die uniforme Eleganz jener Tage gekleidet ging. Schon als Junge hatte ich diese langen und knotigen Hände, die in keiner Hosentasche Platz fanden. Sie waren rot wie meine Nase, und ich versteckte sie hinter dem Rücken. Zusammen mit ein paar anderen, die wie ich mehr oder weniger befangen waren, drückte ich mich an die Wände jener Räume, wo die ersten Paare an uns vorbeizogen. Man flüsterte mir hitzige Deklarationen der eigenen Erhabenheit ins Ohr; andere bekundeten mir dagegen ihre hoffnungslose Schüchternheit und erklärten, wie sehr sie bei diesen Gelegenheiten unter ihrer Geistlosigkeit, ihrem fehlenden Esprit litten. Ich erinnere mich an einen Jungen, der gramerfüllt zu mir sprach und dann ganz plötzlich stockte, seine Stimme überschlug sich im Oktavensprung des Schluchzens. Es war Ausgrenzung, ein unsichtbarer Graben wurde von leichter Hand quer durch den Tanzsaal einer Schulklasse gezogen; ein Graben, der plötzlich Schicksal wurde. Einige würden sich ihr ganzes Leben lang an den Wänden entlangdrücken.

Du warst der große Favorit, und die hübschesten Mädchen hielten nach dir Ausschau. Du erzähltest nichts von deinen Eroberungen, wir hatten keine Ahnung, mit welchem der Mädchen, die dich nach der Schule umschwärmten, du gerade gingst. Ich weiß nicht, warum du ausgerechnet zu mir Vertrauen hattest; aber oft richtetest du das Wort an mich und fragtest nach meiner Meinung. Du wusstest, dass ich Gitarre spiele, und batest mich, einmal zuhören zu dürfen. »Also«, erklärtest du mir hinterher, »wenn es dir nichts ausmacht, würdest du mich abends einmal begleiten, um eine Serenade zu spielen?« Ich riss die Augen auf und stimmte ganz mechanisch zu. Ich wäre dir überallhin gefolgt.

Und so kam es, dass ich eines Abends um die Erlaubnis bat, ausgehen und die Gitarre mitnehmen zu dürfen. Wir waren vielleicht achtzehn Jahre alt. Du holtest mich mir dem Motorroller ab, und wir fuhren los. Ich sollte mir keine Gedanken machen, sagtest du zu mir, nur so singen und spielen wie beim letzten Mal. Aber ich war gar nicht aufgeregt. Es war ein milder Abend im Mai, der selbst einem Stummen die Zunge gelöst hätte, und glücklich ließ ich mir den Fahrtwind ins Gesicht wehen. Diese unerhörten Ereignisse erfüllten mich mit Vertrauen.

Schließlich bezogen wir unter dem Fenster eines Hauses Stellung. Wir befanden uns in einem Garten, und das Meer war ganz in der Nähe. Die Dunkelheit duftete nach Zitronen. Wir rückten an die Mauer, und du gabst mir das Zeichen zum Beginn. Aufrecht stehend, zupfte ich die Saiten und fing, als wäre das völlig normal, zu singen an. Die Stimme gewann an Sicherheit, und die Finger liefen leicht über die Gitarre. An gewissen Stellen des Einklangs zwischen der Musik und dem Gesang ertönte noch ein dritter Laut, wie ein Orgelton, der von der Hauswand zurückgeworfen wurde. Ich sang für eine unbekannte Frau, wohl die tapferste Handlung, die ich je vollbrachte. Vielleicht fühlte ich in jener Stunde die Liebe, jene blinde Liebe, die sich nicht offenbaren will, die aus einem dunklen Winkel tönt und an Körperlichem nichts weiter als die Stimme feilbietet. Wenn die Liebe der Blütenstaub eines Maienabends ist und in der Dunkelheit eines Gartens vorbeischwebt, wenn die Liebe nicht einmal weiß, an wen sie sich richtet, dann liebte ein einziges Mal auch ich.

Ich sang ein Lied nach dem anderen. Als du mich am Arm berührtest, öffnete ich die Augen. Der Mond war aufgegangen, der Besuch beendet. Ich löste mich aus einer Konzentration, die ich in dieser Form nie wieder erlebt habe. Für die Dauer einiger Lieder hatte sich ein bestimmtes Gefühl in meinem Körper niedergelassen und war auch schon wieder weitergezogen.

Deine ausgefallenste Spezialität war die Rätselkunde. Es war weniger eine bloße Geschicklichkeit als vielmehr eine Virtuosität, die es dir erlaubte, in kürzester Zeit die verzwicktesten Aufgaben zu lösen. Du führtest mich in die Wunder der mnemonischen Kryptografie ein; zum Beispiel sollte aus dem Wort »Nase« durch Logik und Analogie ein ganzer Satz hervorgehen. Die Lösung war: Dem Adler weniger geneidet als die Augen. »Wieso?«, fragte ich. »Na, ist doch klar, die Adlernase ist nicht so begehrenswert wie die Adleraugen.« Ich erinnere mich auch noch an ein anderes Kryptogramm, für mich noch faszinierender, weil es gleichzeitig ein Satzpalindrom war, das man vorwärts wie rückwärts lesen konnte. Es lautete: Die Liebe ist Sieger. Und andersherum: Rege ist sie bei Leid.

Im Sommer wurdest du unter die Sonnenschirme gerufen, um dort den Damen und den Müßiggängern, die bei einem Rebus oder einem Kreuzworträtsel nicht mehr weiterwussten, aus der Klemme zu helfen. Wie machst du das nur immer?, fragte ich dich. Du antwortetest halb im Spaß: »Die Wörter sind wie leichte Mädchen; es ist ganz einfach, sie auszuwechseln. Sie haben vielerlei Bedeutungen auf dem engen Raum weniger Buchstaben, es genügen einige Ausbesserungen und die richtige Einladung, und sie geben sich allen möglichen Variationen und Spielchen hin. Es ist, als könnte ich alle ihre möglichen Kombinationen lesen. Wie es einem Mathematiker mit den Zahlen oder einem Schachspieler mit seinen Figuren ergeht, so ergeht es mir mit den Wörtern.«

Und so wurde einmal ein Schild mit dem Warnhinweis *»è pericoloso sporgersi*[1]*«* am Spiegel in der Lehrertoilette entdeckt, mit der geringfügigen Änderung: *»è pericoloso scorgersi*[2]*«.*

Du wohntest in einem alten Stadtviertel, und bei dir daheim herrschte bei geschlossenen Fenstern und voll gestopften Bücherregalen eine muffige Stille. Man wurde von dem Geruch jener Seife empfangen, die früher einmal scheibenweise verkauft wurde. Die Wohnung, in der du zusammen mit deinem Vater lebtest, war klein. Dein Vater unterrichtete am Gymnasium Geschichte und Philosophie. Der Tod deiner Mutter bei deiner Geburt hatte im Herzen ihres Ehemannes eine Wüste hinterlassen. Für ihn war es eine Frage der Ehre, dich den ungleichen Tausch nicht spüren zu lassen. Er war sehr aufmerksam und fürsorglich zu dir, aber nicht liebevoll. Oft dachtest du an deine Mutter.

In deinem Zimmer am Ende eines schmalen, uneben gefliesten Ganges stapelte sich der unterschiedlichste Trödel. Ich erinnere mich an kleine Gipsbüsten antiker Persönlichkeiten, Tierbilder, Früchte aus Marmor, geometrische Körper. Auf einem mit Papier überhäuften Tisch lagen Würfel, ein großer Angelhaken und ein Tunnel, der von einer elektrischen Eisenbahn übrig geblieben war. Zu jener Zeit hätte ich es nicht verstehen können, aber jetzt, da ich mir noch

---

1 »Nicht hinauslehnen«, meist an Zugfenstern. Wörtlich: »Es ist gefährlich, sich hinauszulehnen.«

2 »Es ist gefährlich, sich zu erkennen.« [Anm. d. Ü.]

einmal dieses Umfeld vor Augen führe, begreife ich, dass sich die Einrichtung zwar wirr, aber doch auf die einzig mögliche Art zusammensetzte, gerade so wie ein Bilderrätsel. Es gab sicherlich einen Lösungsschlüssel für das Zimmer. Vielleicht gibt es einen für jedes Haus.

In der Schule schicktest du mir eines Tages einen Zettel. Darauf stand: *e domandavi esca*[3] (Satzanagramm mit der Buchstabenzahl 2,2,4,2,4). Ich brauchte einen ganzen Tag, um es zu lösen: *me ne vado di casa*[4].

Es kam das letzte Schuljahr, und danach mein letzter Sommer auf Ischia. Ich nahm die übliche chromrote Hautfarbe an, die niemals in Bräune überging, und meine Nase schälte sich fast bis aufs Fleisch. Am Strand setzte ich einen Strohhut auf, um mich vor der Sonne zu schützen, und so, wie ich nun aussah, konnte ich es bestimmt niemandem verdenken, wenn er mich Vogelscheuche nannte. Vielleicht um diesem Spitznamen entgegenzuwirken, versuchte ich, die Vögel mit Brotkrumen anzulocken.

Ich habe die Insel unserer Jugendtage nicht wiedergesehen. Dort erlebte ich auch mit Unbehagen die ersten Freiheiten, die man uns gewährte. Die Eltern ermunterten mich, es meinen Altersgenossen gleichzutun, die sich am Abend auf der Piazza trafen, um ein bisschen mit den Mädchen oder auch nur über sie zu reden. Manchmal erwuchs in mir bei diesen Gelegenheiten ein regelrechter Widerwillen, denn

---

3 wörtl.: »Und du verlangtest Köder«

4 wörtl.: »Ich gehe von zu Hause fort.« [Anm. d. Ü.]

diese Zusammenkünfte sollten doch voller Fröhlichkeit sein, und stattdessen vibrierten sie vor lauter Selbstdarstellung und Provokation. Wenn Jungen unter dem Zwang stehen, sich irgendwie beweisen zu müssen, um bei den Mädchen Eindruck zu schinden, dann werden sie angreifbar und aggressiv. Es verletzte mich nicht, wenn ich der willkommene Anlass für irgendeinen Witz wurde, vielmehr litt ich unter dieser angestrengten Ausgelassenheit. Aufgrund einer unverständlichen und unergründlichen Werteskala wurde man entweder akzeptiert oder zurückgewiesen. Dabei war es doch nur die Jugendzeit, aber in jenen Tagen war das niemandem von uns klar, und diese Abende auf der Piazza schienen tatsächlich das ganze Leben zu sein. Die Piazza des Schäkerns und des Quälens war die einzige Welt, die man sich vorstellen konnte. Und manch einer zog daraus Schlüsse, die sich auf sein ganzes weiteres Leben auswirken sollten. Deshalb gesellte ich mich am Abend meist nicht zu den Kameraden, sondern spazierte alleine in den Pinienwäldern herum, bis es endlich Zeit wurde, nach Hause zu gehen.

Als jener Sommer vorbei war, dachte ich auf der Fähre, die mich in die Stadt zurückbrachte, dass ich eigentlich von Inselferien genug hatte. Ich wurde vom Schicksal beim Wort genommen, denn wir zogen in dieses Haus, das ich nie wieder verlassen sollte. Bevor die Ferien endeten, machte ich mit dir zusammen einen Ausflug auf den Monte Epomeo. Wir fuhren mit dem Bus bis zum höchstgelegenen Dorf der Insel und begannen von dort aus den Anstieg. Bald gelangten wir zu den Kastanienwäldern und zu den Weinstöcken, die auf engen Terrassen zwischen den Serpentinen angepflanzt worden waren. Die felsige Bergkuppe erschien in der Ferne. Du erzähltest, dass früher Mönche dort oben lebten, die ihre Zellen in das Vulkangestein gehauen hatten. Diese winzigen Unterkünfte wurden später in Gästezimmer umgewandelt, jedes mit einem Balkon, der über den Abhang und die Wälder ragte. Dort würden wir die Nacht verbringen.

Ich fragte mich immer noch, warum du mich zu diesem Ausflug eingeladen hattest, und dasselbe fragte sich wahrscheinlich auch das englische Mädchen, das bei dir war. Sie war schön. In ihrer Stimme lagen Seufzer, und ihre Augen verführten zum Lächeln. Unter meinem keuchenden Atem und deinen Schilderungen, was wir alles sehen würden, erreichten wir den Gipfel. An einem Geländer über dem Abgrund lehnend, sahen wir die Augustsonne langsam untergehen. Über uns kreisten die Raben im Wind.

In der beginnenden Dunkelheit aßen wir auf der Terrasse des Gasthauses zu Abend. Die kühle Luft in dieser Höhe ließ uns frösteln, und zum ersten Mal in diesem Sommer zogen wir warme Kleidung über. Unwillkürlich sprachen wir nur leise. Von weit unten drangen gedämpfte Geräusche herauf, Stimmen, Hundegebell; und aus der Küche hörten wir, wie das Öl in der Bratpfanne zischte und spritzte. Wir lächelten uns schweigend zu, blickten uns um und hielten in der Hand ein Glas Wein, der frisch aus dem Keller kam. Überall sahen wir Lichter. Die ersten Sterne glitzerten über uns. Wenn wir den Blick auf das Meer richteten, sahen wir die Lampen der Fischerboote blinken, die gerade zum nächtlichen Fang ausliefen. Weiter unten sah man die Lichter der Häuser, die über das schwarze Tal verstreut lagen. Von der Erde bis zum Himmel war die Dunkelheit von Lichtporen durchwirkt, mit denen sie atmete. Ich hatte niemals zuvor eine solche Tiefe gesehen, und sie war so nah, so dicht vor den Augen.

Eine Frage kam mir in den Sinn: Würde es mir wohl gefallen, an solch einem Ort zu leben? Erstaunlicherweise lautete die Antwort »nein«. Der Zauber eines Ortes ist auf Dauer belanglos, wenn man keine anderen Gründe hat, dort zu leben. Die Schönheit anderer Plätze genügt nicht, um einen Fremden dorthin zu verpflanzen, sie kann ihn höchstens eine Weile zurückhalten. Und so macht sie ihn zum Nomaden, den es immer wieder zu neuen Landstrichen zieht. Mit diesen Gedanken folgte ich euch auf die Bergkuppe, wo auf dem höchsten Punkt eine kleine Plattform in den Fels gehauen ist. Wir betrachteten still die Insel, die unter uns Hunderte von Metern weit ins Meer abfiel.

Du hast das Mädchen an den Händen gefasst und zweimal im Kreis herumgewirbelt. Ihr spracht nur wenig miteinander, wegen der Sprachbarriere. Statt der Worte habt ihr euch mit lustigen Gesten verständigt, die euch fröhlich stimmten. Durch eure taubstummen Zärtlichkeiten strömte die Liebe, die ständig darauf bedacht war, dem anderen das zu vermitteln, was man selbst gerade fühlte. Mit dem gleichen Schwung, den du immer zum Absprung von den Felsen brauchtest und der dich zuerst noch ein Stückchen höher in die Luft trug, kamst du ihr näher. Das Stummsein machte euch beweglich, ihr hattet nichts anderes im Sinn, als einander zu gefallen. Wir waren mitten im dunklen Himmel, eure Liebe befand sich auf dem höchsten Punkt dieser erhabenen Insel.

Ihr wart eng zusammengerückt, und ich konnte eure Umrisse kaum erkennen. Man kann sich hundertmal sagen, dass die Erde ein winziges Korn am Rande der Schöpfung ist, dass sie sich um einen Stern dreht und nicht umgekehrt, aber es gibt Momente und Orte, da wird dieses sichere Wissen durch ein viel älteres Vertrauen ersetzt. Du sagtest: »Hier fühlt man sich im Zentrum des Universums.« Diesen Satz übersetztest du ihr, indem du zuerst auf den Himmel zeigtest und dann ihren und deinen Zeigefinger auf deine geöffnete Handfläche legtest. Sie seufzte tief.

Ja, auch ich fühlte mich im Zentrum, aber nicht des Universums, sondern im Zentrum, am Hals einer anderen Apparatur: einer Sanduhr. Über uns das Gefäß des Himmels, unter uns das der Erde. Wir befanden uns in der Verengung jenes Zeitmessers, waren der unvermutete Pfropfen, der den Abfluss behindert. Die Welt um uns herum stand still. Ganz verloren fanden wir uns nun an einem jener Orte, durch welche die Unendlichkeit aus den Tiefen des Himmels rinnt: Im engen Hals zwischen Himmel und Erde wird sie Zeit und Raum. Wir spürten den Rausch des Zentrums. Die uns umhüllende Nacht war von vollkommener Stille, und das Unermessliche fiel sanft und leicht auf uns herab.

Auf der Terrasse des Gasthauses sah ich überhaupt nichts mehr. Du sagtest noch: »Ptolomäus hatte recht, er begriff den Himmel nicht wörtlich, sondern sinngemäß.« Diesen

Satz übersetztest du ihr nicht, doch ich merkte, wie ihr euch in der Dunkelheit noch näher gekommen wart. Und so erhob ich mich und ließ euch allein, dort, im höchsten Zimmer der Insel. Als ich mich bewegte, mich von dem Ort löste, kam wieder Wind auf. Das Stundenglas verschwand aus meinem Bewusstsein und ich aus seinem engen Hals.

In der mondlosen Nachtluft fiel Sternenasche herab. Auf dem Balkon des kleinen Zimmers stehend, musste ich über das Abenteuer lächeln, die Nacht weit weg von daheim zu verbringen. Todmüde und glücklich schlief ich ein. Der Tag brach an, und eine milchige, rötliche Sonne ging hinter den Konturen des Festlandes auf. Die Luft dampfte. Am Frühstückstisch hatte das englische Mädchen überanstrengte Augen von der kühlen Nacht. Sie führte mit beiden Händen die dampfende Tasse an den Mund und beugte selig den Rücken. Der Wirt verabschiedete uns mit einem festen Händedruck und blickte uns von der Terrasse aus nach, während wir den Pfad hinunterstiegen. Durch die dunstige Luft rief seine tiefe, fröhliche Stimme ein letztes Mal deinen Namen.

Mit dem Ende der Schulzeit begann deine Pilgerschaft zwischen den Wohnungen von Freunden und Bekannten, wo immer sich eine Gelegenheit ergab. »Seit ich bei meinem Vater ausgezogen bin, hatte ich keine eigene Wohnung mehr. Ich war in allen möglichen Räumen zu Gast, aber ich bin nie sehr lange geblieben, selbst wenn ich mich dort wohlgefühlt habe. Ein Gast muss sich dann verabschieden, wenn alle noch möchten, dass er bleibt. Das Gespür für die rechte Zeit ist die einzige Tugend, die ein Besucher haben sollte. Ein angemessener Abgang hinterlässt dir eine stets offene Tür. Ich kann sagen, dass ich ein Experte im Abschiednehmen geworden bin, einer, an den man sich gerne erinnert. Der Winter ist die Jahreszeit, in der ich immer am freundlichsten aufgenommen wurde. Ich war ein fahrender Ritter, auch wenn mir das Wort ›Gast‹ lieber ist, die modernere und bescheidenere Variante davon. Ich habe eine gewisse Anpassungsfähigkeit an die Lebensweise anderer Leute entwickelt, und als Mitbewohner bleibe ich fast unbemerkt. Ich richte meinen Tagesablauf nach meinen Gastgebern, hinterlasse keine Spuren im Bad, mache das Bett und lagere mein Gepäck außer Sichtweite. Wenn ich mich dann von demjenigen verabschiede, der mir seine Gastfreundschaft angeboten hat, bekomme ich Sätze zu hören wie: ›Wir wussten gar nicht, dass du noch hier wohnst‹; oder: ›Schade, dass wir unseren Hausgeist verlieren‹. Das sind die schönsten Komplimente.«

Deine umgängliche Art vervollkommnete sich sogar noch im Lauf der Zeit, Es gelang dir das Kunststück, als Gast sowohl unbemerkt als auch erwünscht zu bleiben. Nie missbrauchtest du die dir gewährte Gastfreundschaft, und du ignoriertest die möglichen Verlockungen, was die Frauen betraf, die dort lebten.

»In dieser Hinsicht bin ich ein Ritter: Ich respektiere das Heim des anderen. Die Hausfrau oder die Tochter sind für mich unantastbar, und es kommt mir nicht in den Sinn, sie zu begehren. Manchmal ist eine besonders beharrliche Aufforderung zu bleiben das Signal für mich, die Gastgeber nicht weiter zu belästigen. Eine Frau zu umarmen, bedeutete für mich immer, ein unbeschwertes Herz und eine leere

Welt mein Eigen zu nennen, als wären wir die letzten Menschen auf diesem Planeten. Frauen, die sich heimlich aus ihren Bindungen zu Ehemännern oder Verlobten stehlen, um mich zu treffen, konnte ich unter solchen Umständen noch niemals schätzen.« Oft wollte ich dich schon fragen: Aber wie sind sie denn, die Frauen? Ich habe nie Verlangen nach ihnen verspürt, und die Schönheit, die ich sah, blieb in meinen Augen und gab keine Impulse an die Nerven weiter. Wie bei einem klaren Sonnenuntergang an einem Herbsttag, wenn sich die Sonne ganz hinten am Himmel, jenseits der Erde, langsam auflöste, mit dieser violetten Schleppe: So viel erloschenes Strahlen blieb mir in den Augen, aber ich hatte nicht das Bedürfnis, ihm zu folgen.

Einmal fragte ich dich ganz beiläufig, es war mehr ein lauter Gedanke als eine Frage: Finden sich denn noch Frauen in deinem Leben? Du erwidertest, dass du von ihnen nicht im Plural sprechen könntest, sondern immer nur von jeweils einer. Der Plural, sagtest du, passe gut zu den Männern, aber schlecht zu den Frauen. Du lachtest nicht über die Frage, drehtest sie aber um.

»Einige Frauen haben mich verloren, nicht zuletzt meine Mutter, die mich gerade noch rechtzeitig hinauswarf, bevor sie starb. Man hat mich verloren, wie einem das sonst mit Dingen passiert. Wenn aus dem Zueinandergehören eines Mannes und einer Frau Besitz wird, dann kann man den anderen verlieren. Denn man verliert nur das, was man auch besitzt.«

Für mich war das schwer zu verstehen. Es schien mir

unrecht, von Menschen wie von Dingen, die man besitzen kann, zu sprechen.

»Das ist die höchste Form von Liebe. Ganz dem anderen zu gehören, sein persönliches Hab und Gut zu sein, ohne eine andere Wahl zu haben. Ein Objekt zu werden, das man besitzen kann: Auf dieser Stufe der Hingabe geschieht es dann, dass man verloren wird. Und so stellt man sich ins Regal der verlorenen Gegenstände und hofft darauf, gesucht zu werden. Man bleibt nachts wach, um auf die Schritte dessen zu lauschen, der kommt und einen wieder abholt. Aber niemand kommt zurück, und nach einer gewissen Zeit ist man wieder man selbst, kein Besitz mehr und frei. Denn man kommt frei, wenn man einmal verloren wurde.«

Dein Lächeln überzog das halbe Gesicht und kräuselte deine Augenwinkel. Dein Lächeln war der Ausweg aus den ernsten Worten.

Du warst im Gefängnis. Es handelte sich um einen Irrtum, du wurdest freigesprochen. Aber dein Verhalten vor dem Prozess hatte bewirkt, dass sich die Untersuchungshaft zwei Jahre lang hinzog. Du wolltest mit dem Richter, der deinen Fall behandelte, nicht zusammenarbeiten. »Ihre Unhöflichkeit war keineswegs willkürlich oder gedankenlos. Zu jener Zeit war ich bei lieben Menschen zu Gast. Sie kamen an Heiligabend, um mich festzunehmen, gerade als ich mit der Familie am Tisch saß, und sie ruinierten damit diesen Leuten ihren friedvollen Abend. Nach den Feiertagen, schon weit im Januar, wurde ich nach wochenlanger Einzelhaft einem Richter vorgeführt. Er war schlecht rasiert, hatte schmutzige Fingernägel, rauchte und stellte viele Fragen. Mir war sofort klar, dass ich mit diesem Mann niemals sprechen würde. So sagte ich zu ihm: Ihnen habe ich nichts zu sagen.

Man kann jede Entbehrung ertragen, nicht aber den mangelnden Respekt des anderen. Die Justiz mag hart sein, unbequem, was Unterbringung und Tagesablauf betrifft, aber sie muss doch gewisse Umgangsformen gegenüber demjenigen bewahren, der in eine schwierige Lage geraten ist. Wenn man jemandem von Angesicht zu Angesicht gegenübersteht und es keine Höflichkeit gibt, dann kann es auch keine Verständigung geben. Ich hatte einen guten Rechtsanwalt, der mir zu einem anderen Verhalten riet. Er erklärte mir, dass meine Weigerung, mit dem Richter zu sprechen, nur die Untersuchungshaft verlängern würde und auch die Möglichkeit einer vorläufigen Haftentlassung zunichtemachte.

Ich entband ihn davon, den Kautionsantrag zu stellen, und erklärte ihm, dass ich die Freiheit hätte, nicht mit diesem Herrn sprechen zu wollen, und zwar nicht nur vorläufig, sondern endgültig. Wenn man schon den unterlegenen Status des Häftlings innehat, dann sind Höflichkeit und gute Manieren nicht nur Rituale, sondern sie achten deine Würde, den letzten Quell des Trostes im Augenblick der Not. Ich hätte meine Würde niemals gegen ein bisschen Rabatt auf meine Haftstrafe eintauschen können. Mein Haar war schon grau, und ich rüttelte längst nicht mehr an den Gittern. Mir blieben andere Freiheiten, und die genügten mir.

Ich habe viele Menschen kennengelernt und in vielen

Zellen geschlafen, denn im Gefängnis wird nun ständig verlegt. Eigenartig, dass das Eingeschlossensein so bewegt sein kann.

Auch dort waren mir meine Erfahrungen als Gast von Nutzen. Ich versuchte, wenig Platz zu beanspruchen, und ließ die Gespräche nicht versiegen. Der einzige Unterschied bestand darin, dass es nicht mehr an mir war, meinen Abschied zu nehmen, was aber letztendlich eine Erleichterung für mich bedeutete, weil ich nicht mehr die Skrupel des Eingeladenen haben musste.

Meinen Fall versuchte ich objektiv zu beurteilen, als wäre ich bei dem Geschehen gar nicht dabei gewesen. Ich dachte: Wer den häuslichen Frieden eines Unbeteiligten stört, einen Mann festnimmt und ihn auf unbestimmte Zeit einsperrt – nun, wer sich so verhält, der muss von dessen Schuld absolut überzeugt sein und stichhaltige Beweise haben. Jedoch erschien es mir unredlich, auch noch die Mitarbeit dessen, der sich nun in der schwächeren Position befand, einfordern zu wollen. Auf eine solch ungerechte Vorgehensweise wollte ich mich nicht einlassen. Über meinen Anwalt wollte man wissen, ob ich es mir in den Kopf gesetzt hätte, aus meiner Verweigerung einen Fall zu machen. Einen Fall schon, aber keinen, wie sie vielleicht befürchteten, mit Zeitungsartikeln und großem Aufsehen. Einen Fall ganz anderer Art, denn jeder kann aus seinem Leben einen Fall machen, meistens den schlimmsten.

Schließlich habe ich erfahren, wie enttäuschend es ist, der Angeklagte zu sein. Es geht nicht darum, dass die eigentliche Anklage falsch ist, denn niemand ist ohne Schuld, doch sollten sich auch die wahren Anschuldigungen darin finden, also jene, die einen Menschen wirklich mit Schande bedecken. Ich dachte an meine Vergehen: dass ich meinen Vater verlassen, eine selbstlose Frau zum Weinen gebracht und durch einen Temperamentsausbruch einen anderen Menschen öffentlich bloßgestellt hatte. Aber wegen dieser Delikte zieht mich niemand auf der Welt zur Rechenschaft. In Anbetracht dieser Schuld war die Anklage jenes Gerichtes nicht mehr wert als der Speichel, wenn man vor der Arbeit in die Hände spuckt. Die Vergehen, die man aus Leichtsinn begeht, wenn man jung ist, kommen nicht vor Gericht, aber sie verjähren auch nicht.

Nach zwei Jahren musste ich ganz andere Fragen beantworten, Belanglosigkeiten. Der Freispruch, den ich erhielt, betraf mich gar nicht.«

Du brachtest mir Nachrichten aus unserer Stadt. Sie wimmelte jetzt nur so von Musikanten, Schauspielern, Mördern. Draußen in den Vororten, zwischen den Gemüsegärten, schossen Fabriken aus dem Boden, und in die Gassen zog der Reichtum ein. Aus einem unerschöpflichen Quell sprudelten unglaubliche Geschichten. Du schildertest die Geräusche, und ich erinnerte mich an die Gerüche. Ich wollte gerne wissen, ob es am Strand immer noch die *taralli*, die Pfefferkringel, zu kaufen gab; aber ich traute mich nicht, bei diesem ganzen Durcheinander nach solchen Lappalien zu fragen. Ich konnte mich mit dieser neuen Stadt nicht abfinden, über die man nun alles Mögliche sagen konnte, da ihr die Redlichkeit wie auch die Willkür völlig egal geworden waren. Man wägte nicht wie früher seine Worte ab, um sie nicht zu beleidigen oder aus Achtung vor dem, was man nicht verstand.

Selbst die amerikanischen Matrosen, die dort an Land gingen, fühlten sich unbehaglich, weil sie dort nicht die üblichen jubelnden Menschenmassen vorfanden, von denen sie sonst in jedem anderen Hafen der Welt begrüßt wurden. Die Stadt war woanders, sie beäugte die letzten Eroberer nicht mehr.

Der Wasserhahn in der Küche tropft. Die Silbe, die dabei entsteht, erkenne ich wieder; sie trägt mich weit in der Zeit zurück: luk, luk, luk. Zu den Gassen meiner Kindheit, auf den Hügel, der den Hafen überragte. Dort stiegen die amerikanischen Matrosen hinauf, kehrten ihren Schiffen den Rücken. Auf den steilen Treppen begegneten sich Warenverkäufer, Dirnen und auch ein junges Mädchen, unsere Hausangestellte, mit mir als kleinem Jungen an der Hand.

Sie ging mit der Erlaubnis meiner Eltern aus, unter dem Vorwand, mit mir einen Spaziergang machen zu wollen. Ich war klein, mager und verträumt, mit einem langen, schmalen Gesicht und weit aufgerissenen Augen, den Augen hungriger Kinder, aber ich hatte keinen Hunger. Schweigend folgte ich ihr, auf dem Kopf eine Baskenmütze, die mir immer wieder über die Ohren rutschte, und ich war bereit, mit ihr überallhin zu gehen. Ich war beeindruckt von ihrem dichten offenen Haar und von der Warze an ihrem Handgelenk, die ich ständig berührte. In diesen Gassen bot jeder etwas feil – und wenn es nur die Augen waren. So wie unser Dienstmädchen stellten sich auch andere Mädchen in auffälligen Posen auf die unebenen Treppen, ihre Nylonstrümpfe auf den kräftigen Waden hervorzeigend. Überall wurde eine beharrliche, flehende Bitte gestammelt, der Lockruf in einer leichten, kurzen Sprache: luk, luk, äfeluk, have a look, sieh mal.

Sie gingen vorbei, fast alle gingen vorbei, aber jemand muss doch stehen geblieben sein; denn wie könnte ich mich sonst an ein dunkles Vorzimmer erinnern, wo einige Nachmittage wie im Flug vergingen, mit geschenkten Comics und Schokoladendrops in allen Farben, die in einer bunten Pappröhre verpackt waren.

Schnell liefen wir dann von jenem Viertel wieder nach unten. Jetzt war sie es, die den Matrosen auswich, die immer noch hier und da die Stufen hinaufstiegen. Sie hielt sich nun aufrechter und legte ein zügiges Tempo vor, bei dem ihre wilde Mähne flatterte, und ich stolperte hinterher. In Wellen erreichte ihr offenes Haar meine Wange und strich über meine Augen, die ich deswegen aber nicht schließen wollte. Es war schön, von dieser rotblonden Liebkosung geblendet zu werden. Ich berührte die Warze an ihrem Handgelenk, sie ließ mich gewähren, und ganz benommen vor lauter unverhoffter Glückseligkeit kam ich immer wieder aus dem Schritt. Niemals bat sie mich, den Mund zu halten und nichts zu erzählen. So gingen wir schweigend nach Hause. Und jetzt tropft laut diese Wassersilbe, und das verhaltene, aber intensive Geräusch, jenes *äfeluk*, wird immer stärker.

Einmal wollte ich wissen, wie die Sinnesorgane reagieren, wenn man aus dem Gefängnis entlassen wird. Das war an einem Tag, der noch nicht lange zurückliegt; wir hatten beide den letzten Lebensabschnitt schon erreicht. Du hattest mich mit deinem Besuch überrascht und dich nicht vorher angekündigt. Ich tünchte gerade den Hühnerstall, eine Arbeit, die man im Mai macht. Mein Gesicht und meine Hände waren mit weißen Spritzern übersät. Du wolltest nicht, dass ich deinetwegen die Arbeit unterbrach. So machte ich weiter, und du sahst mir zu. Schließlich setzten wir uns vor dem Haus in die schon heiße Frühlingssonne, und dann rutschte mir jene Frage heraus. Ich wollte sie eigentlich gleich wieder zurücknehmen, als du, aus reiner Höflichkeit, schon zu antworten begannst. Du warst alt – noch älter sollte ich dich nicht mehr sehen –, und dein Haar war weißer als meines und hatte die Farbe des Kalkes, den ich zuvor angemischt hatte. In deiner Art lag ein Zögern, das mir niemals zuvor aufgefallen war. Es war eine körperliche Behutsamkeit, aber auch Müdigkeit. Mitten im Sprechen hieltest du inne, um zu prüfen, ob du vielleicht zu weit ausgeholt und damit das Zuhören langweilig gemacht hattest. Du hast mich noch nie gelangweilt, und deine neue Art, die halb erstaunt, halb dankbar war, machte mich sogar noch neugieriger. Öfter als früher suchtest du nun meinen Blick.

»Man empfindet Schauder. Sie überkommen mich, wenn ich in einen geschlossenen Raum gehen will; ins Kino zum Beispiel oder ins Museum. Nachdem ich zwei Jahre lang das Bedürfnis hinauszuwollen gezähmt habe, bekam ich danach bei den ersten Gelegenheiten, wenn ich wieder einen geschlossenen Raum betrat, eine Gänsehaut.

Gleich nach meiner Verhaftung wurde ich einige Wochen lang in Einzelhaft gesteckt. In der Silvesternacht hörte ich das Feuerwerk in der Stadt. Meine aufkeimende Fröhlichkeit schlug jedoch sogleich in Panik um. Die Zelle hatte sich mit Rauch gefüllt, weil alle umliegenden Häuser ein Freudenfeuer mit Fackeln und Feuerwerkskörpern entzündet hatten. Überall verliehen krachende und knatterne Explosionen dem allgemeinen Jubel Ausdruck. In den Zellen der Einzelhaft, die alle unterhalb des Straßenniveaus lagen, sammelten sich schnell die ganzen Verbrennungsrückstände, und die Asche drang in die Lungen der eingesperrten Männer. Für sie in ihren einzelnen Nischen war es zum Ersticken, ich hörte sie husten, fluchen und mit den Fäusten und Schuhen gegen die Türen hämmern. So also antwortete der Kielraum der Erde, diese stickige Hölle unterhalb der Straßenoberfläche, mit kopflosen Schlägen auf das Feuerwerk am Himmel. Ich blickte in die rauchgeschwängerte Dunkelheit, war schweißüberströmt trotz der kalten Nacht und versuchte, ruhig zu bleiben.

Die Häftlinge in den Isolierzellen haben zerfetzte Nerven und zerrüttete Sinne: Einer schrie, der andere sang, und ein dritter schlug unablässig seinen Kopf gegen die Wand, in der vergeblichen Hoffnung, in Ohnmacht zu fallen. So wird die letzte Nacht der Welt aussehen, dachte ich, die Sterne stehen in Flammen, und die Menschen sind betäubt vom Freudenfest des Himmels.

Damit begann für mich das erste Jahr eines neuen Lebens. Nach und nach würde ich lernen, nach einem streng reglementierten Tagesablauf zu leben. Die Einzelhaft, in der einem alles vorenthalten wird, war meine Lehrzeit.

Die Zelle war sehr staubig, und in der knappen Luft hing der Geruch von Sperma, eine Hinterlassenschaft von meinen zahllosen Vorgängern. Ich hatte nichts zu lesen, und auch das Schreiben war verboten. Und so kam mir der Einfall, mit dem Finger in den Staub auf dem Fußboden zu schreiben. Der Raum war klein, die Zeit unermesslich: Ich spürte die erschreckende Verantwortung, die ein Schriftsteller tragen muss. Denn ich konnte in der Tat nur endgültige Worte niederschreiben, hatte keine Möglichkeit, sie zu korrigieren; ansonsten wäre mit ihnen auch die Staubschicht auf dem Boden weggewischt worden.

Ich hätte berühmte Verse, die mir in Erinnerung geblieben waren, aufschreiben können, aber in der eisigen Stille jener Tage wuchs in mir die Angst, auch nur die Spur eines Satzes zu hinterlassen. Es war ja nur Staub und dennoch eine ewige Materie, die mir großen Respekt einflößte. Auf ihr würde unauslöschlich alles stehen bleiben, was ich mit dem Nagel meines Zeigefingers einritzte.

So kniete ich mich auf das Fußboden-Papier, und wo die anderen ihren Samen vergossen hatten, hinterließ ich nun meinen eigenen. Worte, an die ich mich nicht erinnern will. Ich löschte sie nicht, als man mich in den normalen Gefängnistrakt überführte. Der nachfolgende Häftling würde den Boden der Einzelzelle schon wieder nachschminken.

Ich erhielt die Erlaubnis, die Gefängnisbibliothek zu benutzen. Ich las Bücher über Geografie, da ich wenig über die Gestalt der Welt wusste. Es berührte mich, dass die Seefahrer, die im siebzehnten Jahrhundert die südliche Halbkugel erkundeten, noch glaubten, dort auf ebenso viel Land wie im Norden zu stoßen. Sie suchten Beweise für eine Theorie, welche die Symmetrie der Kontinente postulierte: Dem Land im Norden musste dieselbe Masse im Süden entsprechen. Ein ganzes Jahrhundert lang verzehrten sich Männer bei ihrer Suche nach jenem Land, durchkämmten die Ozeane auf der anderen Hälfte der Erde. Jeden Tag hielten sie Ausschau, beobachteten die Linie des Horizontes, die aber immer nur von den Wellen gekräuselt wurde. Menschen, die ihr ganzes Leben auf den wenigen Metern eines Segelschiffes fristeten, während in der Kapitänskajüte die bunten Stoffe verblichen, die man an den neuen Ufern schwenken wollte. Die Welt, zu der sie aufgebrochen waren, gab es nicht; schon die Abreise war ein Irrtum. Der Fehler liegt oft im ersten Schritt: Auf dem Meer gab es keine Tavernen. Nachdem sie so viel riskiert, so lange ausgehalten hatten, zählte nur noch das Holz, auf dem sie sich befanden – denn dies war der gesuchte Süden, die Welt, die jeder von ihnen bereits in sich trug.

Ihre Notlage verglich ich mit meiner eigenen. Auch ich lebte in einem eng begrenzten Raum, mit ebenfalls glücklosen Kameraden. Ich begann bereits zu vergessen, weshalb ich dort war, und gewöhnte mich an dieses Leben, das nicht nach Gründen fragte. Weshalb war ich dort? Ich wusste es nicht mehr, und es war mir auch egal. Ich lebte ohne Erwartungen. Als sie mir im Gerichtssaal die Handschellen abnahmen, dachte ich, dass sie mir eigentlich gar nichts weggenommen hatten. Niemand konnte mir diese beiden Jahre abstreifen, denn ich hatte sie in der Zwischenzeit gelebt, ohne sie mir vom Leib reißen zu wollen, ohne die Tage zu zählen. Ich rieb mir die schmerzenden Handgelenke und gewöhnte mich aufs Neue daran, eine ganze Nacht durchzuschlafen. Der vielfach unterbrochene Schlaf im Gefängnis hatte nämlich auch geschmerzt. Sie haben mir nichts weggenommen, und darauf bin ich ein bisschen stolz – jetzt, da ich alt bin und meine Tage gezählt sind.

Die Männer, die ich in diesen zwei Jahren kennengelernt habe, waren alle ganz verschieden. Sie passten sich an oder gingen zugrunde, jeder auf seine Weise. Besser als in der Freiheit kann man in der Gefangenschaft sehen, wie unendlich verschieden die menschlichen Wesen sind. In jedem einzelnen habe ich einen guten Kern gefunden, und ich merkte, dass es nur einer herzlichen Geste bedurfte, damit dieser auch zum Vorschein kam. Seltsam, aber genau so ist es: Fast immer haben wir auf die beste Seite in uns gar keinen Einfluss, denn meist wartet sie auf die Initiative eines Fremden, der sie ganz unabsichtlich wachruft.«

Ich erzählte dir von den Hühnern, die einen kleinen Graben scharrten, um sich von dem Staub und den Parasiten in ihrem Gefieder zu befreien. Sie bespritzten sich mit Erde wie die Enten mit Wasser, das war ihre Art, sich zu reinigen. Wenn der Wind meerwärts wehte, zeigte ich dir am Abend den niedrigen Flug der Möwen, die zu ihren Unterschlupfen im Hinterland zurückkehrten und dabei ganz flach über die vereinzelten Bauernhäuser strichen, um der Wucht des Windes ein wenig zu entgehen. Ich machte dich auf das Blöken der Schafe aufmerksam, die abends von der Weide zurückkamen, und beschrieb dir, wie ihr Geschrei klang, wenn die Lämmer, die tags zuvor noch im Stall auf sie warteten, auf einmal verschwunden waren. Und dann hörte man bei Sonnenuntergang das Rufen eines Muttertieres, das zur gewohnten Stunde heimkehrte und im Stall sein Lamm suchte, das immer neben dem vertrauten Geruch einschlief In den ersten Tagen der Trennung war das Blöken der Schafe wie geschliffen, frostig, herzzerreißend.

Zum Ausgleich für die Geschichten aus deinem Leben teilte ich dir Neuigkeiten vom Land mit. Damals fehlte mir der Sinn für das richtige Maß, und meine Unangemessenheit war ohne Scham. Heute Abend ist es mir unangenehm, dass ich nicht geschwiegen habe, dass ich manchmal meine Stimme im Kielwasser der Erzählungen der Freunde segeln ließ.

Das Haus ist in den letzten Minuten gealtert. Die Kraftanstrengung der Steine, dem Sturm standzuhalten, hat den Verputz mit Falten überzogen, und der Wind hat sich in den Zimmern in einen Gesang verwandelt, der den Dis-Dur-Akkord abwärtssummt. Das ist die Musik der Materie, es muss sie schon seit Anbeginn der Welt geben. Ein tiefer Ton, der im Körper vibriert und mich mit seiner Kraft von meinen Nerven losbindet, sanft die Knoten löst, einen nach dem anderen.

Du fragtest mich, ob ich mich noch an die verschiedenen Alphabete erinnerte und wie der letzte Buchstabe des hebräischen lauten würde. Das war das *tau*, unser t, ich zeichnete es in die Luft. »Es ist auch ein Wort«, erklärte ich dir, »und es bedeutet ›Zeichen‹, ›Siegel‹. Die Bibel erzählt von einem Todesengel, der durch die Straßen Jerusalems geht und all denen, die leiden, ein *tau* auf die Stirn schreibt, auf dass sie am Ende verschont werden.«

In der warmen Maisonne hatte ich so lange meine kalkbespritzten Hände aneinandergerieben, bis der feine Staub schließlich wie Puderzucker herunterrieselte. Du hattest die abgefallenen Blütenblätter einer Rose aufgesammelt, und mit einem davon schriebst du in den Kalkstaub das *tau*.

Die Besuche, die Leben schwinden. Das Haus stürzt ein, keine Erzählung kann es mehr stützen. Die Steine fallen auseinander, die Dachbalken bersten. Ich schwanke immer noch im Tumult des Zusammenbruchs, ein letztes Mal wird der Schaukelstuhl angestoßen, überall ist Staub. Luft strömt mir ins Gesicht, in regelmäßigen Abständen, wie Atemzüge. Es kommt näher, zerzaust mir das Haar, ein starker Atem, der meinem eigenen entgegenbläst, ihn überwältigt, ihn auslöscht. Die herabstürzende Flut von Blitzen ist verebbt, und ich bin nur noch ein Windhauch über den Trümmern.